Paul Katsitis

Mykonos Crime 8

Sturm über Mykonos

Paul Katsitis

Mykonos Crime 8
Sturm über Mykonos

Thýella

Bisher erschienen in dieser Reihe:

Mykonos Crime 1 Die Bestie von Mykonos
Mykonos Crime 2 Rache
Mykonos Crime 4 Der Drei-Sterne-Mord
Mykonos Crime 5 Inzest
Mykonos Crime 6 Skalpell
Mykonos Crime 7 Hass

Andere Mykonos-Bücher:
Michael Markaris

Mykonos Love Story 1
Mykonos Love Story 2 – Das Goldene Ei
Mykonos Love Story 3 – Morgenröte über Mykonos
Mykonos Love Story 4 – Mykonos Speed
Mykonos Love Story 5 – Rape
Mykonos Love Story 6 – Der rosa Leopard
Mykonos Love Story 7 – Die Rückkehr der Leoparden
Mykonos Love Story 8 – Crash - Absturz

Impressum
Titelbild: shutterstock, Katsitis
Copyright Paul Katsitis 2019
ISBN 9783732247493
Herstellung und Verlag: BoD- Books on Demand, Norderstedt

Jeder Band behandelt einen abgeschlossenen Fall, sodass die Bände nicht in der Reihenfolge gelesen werden müssen.

Alle Bücher der Serie wurden in Griechenland gesetzt. Da griechische Setzer keine deutschen Fehler erkennen können, finden sich in dem Buch sicher mehr Fehler als in einem normalen Buch. Aber so bleiben wenigstens ein paar Euro in Griechenland.

Alexandros Nikakis (früher Galis), 35, war leitender Kommissar auf Mykonos.

Angelos Nikakis, 29, war Hauptkommissar in Thessaloniki.
Nach ihrem Kennenlernen beschlossen beide, den Dienst zu quittieren und auf Mykonos eine Bar zu eröffnen. Zugleich sind sie als Privatdetektive tätig.

για 𝒜

1

„Denn groß fürwahr ist die Gewalt des
Meeres" – das Motto der griechischen Marine.
Groß ist vor allem die gähnende Langeweile.
Denn zu tun gab es – wie bei den meisten
Streitkräften – nicht viel. Ab und zu sichteten
sie ein türkisches Patrouillenboot, dem sie
dann stundenlang hinterherfuhren. Das war's.
Sowohl Michalis als auch Nikos waren
Obermaat auf der Fregatte „Psara" F454,
einem der größten Boote der Marine.
Und wie alle Soldaten hatten sie bei der
Verpflichtung ganz andere Erwartungen.
Action und High tech. Was sie dann kennen -
lernten, war Ödnis und ein technischer
Standard wie im Zweiten Weltkrieg. Mit der
Finanzkrise ging es dann weiter bergab.
Zahlreiche Fahrten wurden gestrichen –
mangels Treibstoff.
Heute war endlich einmal ein Tag, der total
anders war als der sonstige Trott.
An Bord der „Psara" fuhren sie bis an das
östliche Ende der Ägäis. Zuvor hatte sie der
Kapitän zu sich bestellt. Sie sollten auf eine der
kleinen Inseln vor der türkischen Küste
Patrouille laufen und für Fotos zur Verfügung
stehen. Die Bilder würden für eine PR-Aktion

der Marine verwendet, außerdem zeige man dem griechischen Volk, dass man diese – vollkommen wertlosen – Inseln niemals den Türken überlassen würde.

An sich klang das mehr als harmlos.

Seltsam waren aber mehrere Dinge: Der Rest der Mannschaft durfte nicht an Deck, angeblich aus Sorge wegen eines türkischen Angriffs. Sie selber mussten die ganze Zeit auf der Brücke warten. Das Übersetzen auf die kleine Insel wurde von Offizieren durchgeführt, eine Tätigkeit, die kein Offizier jemals ausführt – es wäre unter seiner Würde.

Als sie das trostlose Eiland betraten, liefen Obermaat Michalis und Obermaat Nikos auf der Insel umher, natürlich bewaffnet.

Und wie angekündigt, wurden zahlreiche Aufnahmen von ihnen gemacht.

„Ich werde zum Gesicht der Marine", dachte Michalis mit gewissem Stolz.

Nach zwanzig Minuten verließ die „Psara" die Gewässer um die Insel – wie abgesprochen. Sie würden in einer Stunde abgeholt. Nikos fluchte:

„Was zum Teufel sollen wir eine Stunde hier machen? Die Insel ist 300 Meter lang und 200 Meter breit!"

Michalis wurde sauer.

„Wir werden in jeder Zeitschrift und auf vielen Plakatwänden zu sehen sein. Das macht sich in unserer Akte bestimmt gut! Außerdem: Befehl ist Befehl! Die werden schon wissen, was sie tun."

Nikos brummte, sagte aber nichts mehr.

Tatsächlich kam ein Boot, um sie abzuholen, doch zum Erstaunen der beiden Maate war es kein Marineboot, sondern ein vollkommen neutrales Schiff.

Man brachte sie an Bord und schickte sie in zwei Kabinen unter Deck.

„Wann treffen wir die ‚Psara'?", fragte Nikos. Der ältere Mann, der eine schwarze Uniform unbekannter Herkunft trug, lächelte nur.

Nikos´ und Michalis´ Traum von landesweiter Berühmtheit sollte in Erfüllung gehen.

Leider sollten sie selber davon nichts mehr haben. Denn zwölf Stunden später waren sie tot.

2

Nizza

Das ist doch nicht zu glauben, dachte Alex.
Es war ihr nachgeholter Hochzeitstag.
Alex hatte Angelos einen Tag auf der Renn-
strecke von Le Luc geschenkt. Mit Selber-
fahren eines Formel-1-Wagens. Da
Angelos zuhause auf Mykonos wie ein Irrer
fuhr – und das mit Freude -, war es das ideale
Geschenk.
Und, ja: er hatte sich gefreut. Jede Minute
genossen und gestrahlt. Während Alex im
Café saß und den ohrenbetäubenden Lärm
nur schwer ertrug. Alex´ Geschenkanteil war
der Aufenthalt im „Negresco", dem besten
Hotel am Platz. Zimmer mit Meerblick.
Fan-tas-tisch. Mit Sichtschutz, also war Sex im
Freien möglich.
Theoretisch.
Leider hatte das Rennfahren seinen Ehemann
so erschöpft, dass dieser schnarchend im Bett
lag und vollkommen platt war. Super.
Meine Schuld, ich hätte es wissen müssen.
Stundenlang in der Hitze fahren, mit Tempo

300 und voll konzentriert. Das Ergebnis:
Erschöpfung.

Alex seufzte und setzte sich auf den Balkon
und genoss den Ausblick. Folgte dem Treiben
auf der Uferpromenade. Nichts erinnerte mehr
an die 90 Toten, die vor zwei Jahren hier platt-
gewalzt worden waren. The Show must go on.
Das aber war auf Mykonos auch nicht anders.
Langsam dämmerte Alex weg. Das Dinner
würde wohl ausfallen.

Zwei Stunden später hörte er ein Flüstern.
„Synchoréte me" – Verzeih´ mir.
„Ich war vollkommen erschöpft von der
Fahrerei. Ich wollte unbedingt wachbleiben,
habe es aber nicht geschafft. Bitte sei nicht
böse!"
Da er zeitgleich Angelos´ Zunge an seinem
Ohr spürte, war an ein „Böse sein" nicht zu
denken.
„Du wirst langsam alt", knurrte Alex.
„Ich bin 29 und werde dir das Gegenteil
beweisen", sagte Angelos lächelnd.
„Aber nur, wenn du nicht dabei einschläfst",
stichelte Alex.
„Unverschämtheit. Wäre heute nicht unser
Hochzeitstag, würde ich in den Streik treten.
Aber dir zuliebe verzichte ich darauf. Ich weiß

ja, dass du süchtig nach mir bist", sagte
Angelos grinsend.
Und Alex lachte los. Angelos´ gespielte
Angeberei brachte ihn immer zum Lachen.
Zum Schießen.
„Eigentlich könnte man den Sex vom Bett auf
den Balkon verlegen", sagte Angelos.
„Weswegen habe ich dieses Zimmer denn
gebucht? Du solltest mich nur nicht den
Balkon hinunterstoßen", antwortete Alex.
Neunzig Minuten später lag ein vollkommen
derangierter Alexandros auf dem Bett.
„Zufrieden mit mir?", fragte Angelos.
„Bitte nicht nochmal. Du bist …"
„Ein Traumprinz? Ein Tier?"
„Beides. Und Meines. S´agapó!"
Dann war Alex weg.

Am nächsten Morgen erwachten die Herren
Nikakis kurz vor Mittag.
„Der gestrige Tag war wohl etwas
anstrengend", murmelte Angelos.
„Oh ja. Aber ich bereue keine Minute. Und ich
liebe es, wenn du nach Schweiß und Pfirsich
riechst", flüsterte Alex.
Dann läutete das Zimmertelefon.

„Guten Tag, hier ist Direktor Leclerc. Spreche ich mit Herrn Nikakis?"

„Mit einem, ja", antwortete Alex.

„Sehr schön. Zunächst freuen, wir uns, dass Sie in unserem Haus logieren. Ich hätte allerdings eine Bitte. Sie haben zwar einen Sichtschutz auf dem Balkon, aber keinen Schallschutz. Der Portier hatte gestern Nacht Anrufe aus 13 Zimmern, dass andauernd Schreie zu hören seien. Abwechselnd „Oh, Alex!" und „Oh, Angelos! Halt, ‚mein Pfirsich', habe ich vergessen. Ich freue mich, dass unser Hotel Sie inspiriert. Es wäre dennoch schön, wenn …"

„ …wir ausziehen würden?", fragte Alex.

„Gott bewahre, nein. Nur geht es heute Nacht vielleicht etwas leiser?"

„Sex und leise? Aber gut, wir versuchen es zumindest…"

„Vorschlag zur Güte: Da es Ihr Hochzeitstag ist, würde ich den Pool um 23 Uhr öffnen lassen, nur für Sie. Wenn Sie mir versprechen, dass Ihre Nachbarn ruhig schlafen können!"

„Dieses Angebot kann man nicht abschlagen. So machen wir es!"

„Dann noch einen schönen Aufenthalt. Und herzliche Grüße an den unbekannten Pfirsich. Au revoir!"

Alex lachte schallend.

„Und schon hätten wir einen zusätzlichen Programmpunkt: Wir haben ab 23 Uhr den Pool für uns alleine!"

„Perfekter Service", antwortete Angelos lachend. „Wie es sich für so ein Haus gehört!"

„Ach ja, Der Direktor lässt den Pfirsich herzlich grüßen!"

3

„Abgesagt, ich glaube, ich spinne", fluchte Alex.

„Tja, thýella" - Sturm, sagte Angelos. Und wischte über sein Tablet. Air France, Aegean, alle Flüge nach Athen abgesagt. Auch von Athen nach Mykonos alles gecancelled.

„Hier. Lufthansa über München nach Mykonos!"

„Haben die Deutschen einen anderen Sturm?", fragte Alex.

„Keine Ahnung, aber besser als hier bis morgen warten", sagte Angelos. Als sie in München landeten, stand auf der Tafel noch immer „Mykonos" – und der Eurowings-Flug startete tatsächlich. Angelos lachte. Alex hatte zwar keine Flugangst, aber er hasste die Enge und Turbulenzen und zu denen würde es kommen.

„Guten Tag, hier spricht Ihr Pilot. Wie Sie vielleicht wissen, liegt die Ägäis mitten in einem Sturmtief. Ob wir in Mykonos landen können, hängt von den Bedingungen in zwei Stunden ab. Eventuell müssen wir auf Samos oder in Saloniki landen. Aber noch sind wir guter Dinge. Wir bitten Sie aber, die Gurte während des gesamten Fluges geschlossen zu halten!"

„Saloniki also", knurrte Alex.

„Oh, mein Brummbär. Etwas Optimismus bitte", antwortete Angelos.

„Mit meinem Magen wärst du auch nicht optimistisch", sagte Alex.

Je näher die Maschine Athen und der Ägäis kam, desto heftiger wurde das Geruckel und das Flugzeug schien zu tanzen.

Alex war schon giftgrün im Gesicht. Angelos nahm nur seine Hand. Sprechen war jetzt nicht angesagt.

„Hier spricht nochmal Ihr Pilot. So, statt Windstärke 9 haben wir nur noch Windstärke 8, also gute Bedingungen für eine Landung auf Mykonos. Keine Sorge, Klappt es nicht, starten wir einfach durch. Viel Vergnügen!"

Alex schaute ratlos – er sprach kein Deutsch. Angelos schon und er grinste. „Wir landen. Super!"

„Ja, ganz toll", brummte Alex.

Der Pilot wollte wohl sein Können zeigen, während Alex die Augen schloss. Und tatsächlich landete das Flugzeug, wurde aber durch den Wind hin und her geschaukelt, selbst als es stand.

„Saubere Leistung", meinte Angelos. „Soll ich meinen alten Herren nach draußen führen?"

„Der alte Herr wird sich später rächen",
flüsterte Alex, noch immer zwischen gift- und
dunkelgrün.

Auch die Fahrt nach Hause mit dem Auto
wurde zur Herausforderung. Angelos hatte zu
kämpfen, das Auto auf Spur zu halten.

„Ja, nun. Thýella. Kommt über dem Meer vor",
sagte er vergnügt.

Ein paar Stunden später würde Angelos nicht
mehr lachen. Er würde mitten im Sturm sein.

4

Washington

In Washington war bestes Wetter. Bruce Jefferson stand am Fenster seines Büros im „Ambassadors Club", einem Think-tank in der Hauptstadt.

Und dieser tank war auf strammem Rechtskurs, „Think" war hier schon abgeschlossen, die Strategie beschlossen. America first – das hieß: andere nicht nur abhängen, sondern aktiv zu schwächen. Vor allem die nervigen Europäer, die immer noch Moralvorstellungen aus dem letzten Jahrhundert nachhingen. Chinesen und Russen haben es schon begriffen, dachte Jefferson.

Ein Dorn im Auge der Amerikaner war die NATO. Sie waren die endlosen Diskussionen leid und wollten auch nicht mehr zahlen.

Das war schon bekannt. Viel besser wäre es aber, wenn man die NATO zusätzlich auch noch sprengen könnte. Dann würde man Raketen in Polen und Rumänien stationieren können. Klar, die Regierungen in Warschau und Bukarest würden – korrupt wie sie sind – die Hände aufhalten. Peanuts, wenn man dadurch die Russen in Schach halten könnte.

Und so hatte man sich in dem elitären rechten Zirkel etwas ausgedacht, was die NATO vor eine Zerreißprobe stellen würde – und zur Implosion führen wurde.

Zwei Mitglieder aufeinander hetzen, die ohnehin Todfeinde sind: die Griechen und die Türken. Die NATO würde an einem offenen Konflikt zerbrechen. Und die rechten Regierungen in Europa würden Amerika helfen, dieses Ziel zu erreichen.

Keine endlosen Palaver in Brüssel mehr, in Zukunft würde allein in Washington entschieden.

Bruce Jefferson griff zum Hörer.

Phase 1 würde nun beginnen. Das Anheizen, Vorstufe zur Eskalation.

Sein Gesprächspartner saß auf Mykonos.

5

Michalis und Nikos erwachten in einem fensterlosen Raum. Gefesselt. Mit Tape. Spätestens in diesem Moment dämmerte ihnen, dass die so ereignislosen Tage im Dienst wohl verträglicher für ihre Gesundheit waren als der heutige.

Aber noch immer hofften sie, dass es sich um irgendeine Art Test handelt.

„Wo sind wir? Was ist hier los?", fragte Nikos fast hysterisch.

„Beruhige dich. Panik macht es nicht besser. Vielleicht will man uns auf die Probe stellen", sagte Michalis. Allerdings war er davon nicht überzeugt.

„Kannst du dich an irgendetwas erinnern?"

„Nein. Seit der Kabine fehlt alles", antwortete Michalis.

Nichts war von außen zu hören.

Wahrscheinlich ein Keller. Rufen hatte wohl keinen Sinn.

„Vielleicht sind es die Türken?", fragte Nikos.

„Mach dich nicht lächerlich. Auf dem Boot war kein einziger Türke. Waren alles Griechen. Und so blöd, griechische Soldaten zu töten, sind die Türken nicht. Die NATO würde Amok laufen!"

„Na, wenn du das sagst", antwortete Nikos.
„Aber wer ist es dann?"
Michalis riss der Geduldsfaden.
„Was weiß denn ich? Geh mir nicht auf die Nerven. Warten wir es ab!"
Hinter Michalis´ Wut steckte die nackte Angst. Der ganze Tag war ein einziges Mysterium. Von Anfang an. Nichts passte. Nichts ergab einen Sinn. Das machte Michalis am meisten Angst.

Von draußen war Lärm zu hören. Irgendetwas wurde über den Boden geschleift. Die Türe öffnete sich und zwei Männer in Schwarz mit Masken betraten den Raum.
Noch hoffte Michalis, dass die Herren die Masken abnehmen und „April, April" rufen würden.
Stattdessen wurden zwei Fässer in den Raum gerollt.
Als ein dritter Mann den Raum betrat, nässte sich Nikos ein und rief „Mama!"
Der dritte Mann hatte eine Kettensäge in der Hand.

6

Angelos stand am Fenster ihres Hauses in Ornos und blickte hinaus.

„Es wütet der Sturm,
Und er peitscht die Wellen,
Und die Well'n, wutschäumend und bäumend,
Türmen sich auf, und es wogen lebendig
Die weißen Wasserberge,
Und das Schifflein erklimmt sie,
Hastig mühsam,
Und plötzlich stürzt es hinab
In schwarze, weitgähnende Flutabgründe.“

„Hä?“, fragte Alexandros.
„Heine, du Banause. Kein Deutsch auf dem Gymnasium gehabt?“
„Nein. Spanisch!“
„Sehr sinnvoll auf einer Insel voller Deutscher“, sagte Angelos lachend.
„Sprachen sind ohnehin nicht meine Stärke. Dafür bin ich im Lebensretten gut“, gab Alex zurück. Mit süffisantem Lächeln.
„Ohne jeden Zweifel“, sagte Angelos.

Der Regen peitschte gegen Türen und Fenster. Selbst Alex musste zugeben, dass es ein außergewöhnlich heftiger Sturm war.

„Alex, komm mal ans Fenster!"

Zu zweit schauten sie hinaus.

„Schau mal zum Hafen. Die 18.30 Uhr-Fähre ist ausgelaufen. Sind die übergeschnappt?", sagte Angelos.

„Ich ruf´ mal den Hafenmeister an!"

Es dauerte, bis Angelos Janis an der Strippe hatte.

„Hallo, Janis. Sag mal, hast du die Fähre rausgelassen?"

„Nein, Angelos. Ich habe es ihnen verboten. Aber der Kapitän ist im Viereck gerannt und hat mit den Anwälten der Reederei gedroht. ‚Das ist ein bisschen Wellengang‘, meinte er."

„Dann ist der Mann ein Idiot. Das muss schiefgehen!"

„Zumal sie wieder einmal losgefahren sind, obwohl die Klappe noch nicht geschlossen war!", sagte Janis.

Auch Alex schüttelte den Kopf. Vor 40 Jahren sank die ‚Herald of Free Enterprise‘ vor Zeebrügge nur einen Kilometer vom Hafen entfernt. Die Klappe war noch auf, Wasser rein, Fähre kenterte, 192 Tote. Alles vergessen.

Besonders bei Verspätungen. Ein Wunder, dass in der Ägäis noch nicht mehr passiert ist.

„Komm, Angelos, lass uns einen Espresso trinken. Wir sind nicht auch noch für die Seerettung zuständig", brummte Alex.

„Großer, ich war bei der Marine. Ich kann da nicht einfach wegschauen", antwortete Angelos.

Die Fähre wurde von den Wellen hin- und hergeworfen. Zeitweise verschwand sie fast ganz im Wellental.

Angelos´ Handy klingelte. Janis.

„Jetzt haben wir den Salat. Notlagesignal. Wassereinbruch im Maschinenraum. Und Steuern ist nicht mehr möglich. Was tun wir?"

Wir?, dachte Alex. Ist Angelos jetzt auch noch Hafenmeister?

„Mach die Sirenen an. Wir brauchen die Küstenwache und die Feuerwehr. Und die Klinik soll ihr gesamtes Personal zusammentrommeln. Ich spreche mit der Marine. Ist der Seabus da?"

Der Seabus ist ein Shuttlebboot zwischen neuem Hafen und Altstadt.

„Gut. Ich komme!"

Schon heulten die Sirenen auf der Insel.

„Bist du von Sinnen? Du wirst einen Teufel tun, und dort hinausfahren. Und das mit einer

Schaluppe. Du hast versprochen, nicht mehr jedes Risiko einzugehen. Ich will nicht am Tag nach dem Hochzeitstag zum Witwer werden", brüllte Alex über die Sirenen hinweg.

„Alex. Auf der Fähre sind 400 Menschen. Soll ich die ersaufen lassen?"

Aber natürlich, dachte Alex.

„Wir sind nicht zuständig für alles Unbill dieser Erde", sagte Alex.

„Könntest du heute Nacht ruhig schlafen bei dem Gedanken, dass vielleicht einige hätten gerettet werden können?", fragte Angelos.

Problemlos, dachte Alex.

„Ich war Obermaat, Alex. Ich kann nicht zuschauen. Synchorete me!" – Verzeih´ mir.

Seine alte Kleiderausstattung von der Marine hatte Angelos noch im Keller. Sturmcape.

Alex saß in der Küche am Tisch und sah zum Fenster hinaus.

Er ist wahnsinnig.

„Nimm wenigstens den GPS-Sender mit!"

Und schon war Angelos draußen.

Adrenalinjunkie.

7

Es dauerte gut zwanzig Minuten, bis Angelos den Hafen erreichte. Dort herrschte schon geschäftiges Treiben. Die Feuerwehr räumte einen Hangar leer, um später Verletzte versorgen zu können. Mehrere Boote versuchten, das Hafenbecken zu verlassen – und wurden regelrecht zurückgeworfen.

Janis stand im ersten Stock der Hafenverwaltung und blickte durch das Fernglas in Richtung Fähre.

Trotz der Wellen konnte man sehen, dass das Schiff schon Schlagseite hat.

„Wir kommen nicht raus. Und für Hubschrauber ist es zu stürmisch. Die armen Schweine werden sterben. Hoffentlich krepiert der Kapitän langsam", sagte Janis.

„Die Marine kommt mit zwei Fregatten", antwortete Angelos.

„Was sollen die ausrichten, Angelos? Die Schiffe dürfen sich nicht näher als 300 Meter kommen, sonst knallen sie zusammen. Und die Rettungsboote werden gegen die Bordwände geworfen und die Menschen zerquetscht. Wir stehen da und können nichts machen."

Angelos griff zum Handy. „Kostas?"

Kostas betrieb den privaten Hubschrauber-service auf Mykonos.

Er meldete sich mit den Worten: „Angelos, vergiss es. Bei dem Wind kann man nicht fliegen!"

„Das weiß ich, Kostas. Aber kannst du dich startklar halten, für den Fall, dass der Sturm nachlässt?", fragte Angelos.

„Das bin ich schon. Dein Mann hat mich angerufen"; sagte Kostas lachend.

„Was bitte?"

„Ja. Er meinte, immer wenn du als Superman unterwegs bist, braucht man am Ende einen Hubschrauber!"

Angelos musste lachen. Alex hatte nicht unrecht. Und ja, er hatte versprochen, keine unnötigen Risiken einzugehen. Aber er würde es sich nicht verzeihen können, wenn …

Janis wurde ans Funkgerät gerufen.

„Seid ihr wahnsinnig? Rettungsboote? Das ist der sichere Tod! Ich lasse Sie festnehmen – falls Sie das überleben. Und dann Gnade Ihnen Gott. Angelos nickte. Janis machte eine gute Figur. Keine Panik verbreiten und dennoch bestimmt.

Angelos ging zum Funkgerät.

„Hier spricht die Polizei Mykonos!" Janis zog die Augenbraue hoch und Angelos grinste.

„Wir untersagen Ihnen, Rettungsboote zu Wasser zu lassen. Die Passagiere sollen mit Westen direkt ins Wasser springen. Aber die Boote brauchen noch zehn Minuten. Können Sie sich solange halten?"

„Ich glaube schon", kam zurück.

„Welche Boote, Angelos?"

„Lass es mich versuchen, Janis!"

Angelos ging die Treppen hinunter zu der Gruppe Fischer, die durch die Sirenen angelockt worden waren.

„Leute, wer von euch wäre bereit mit mir rauszufahren?", fragte Angelos.

Betretenes Schweigen.

„Dein Mut in allen Ehren, aber das wäre Selbstmord", antwortete Pavlos, der erfahrenste der wenigen Fischer, die es noch auf Mykonos gab.

„Aber wenn wir Netze auswerfen, könnten sich einige vielleicht daran festhalten", schlug Angelos vor. „Netze ohne die Gewichte!"

„Dann knallen sie gegen die Bordwand!"

„Nein, du verstehst mich falsch. Sie bleiben am Netz und wir ziehen sie langsam ins Hafenbecken."

Die Fischer schauten sich an.

„Einige könnten es so schon schaffen", sagte einer.

„Wollen wir?", fragte Angelos.

Tatsächlich nickten alle und rannten zu ihren Booten.

Angelos stürmte ins Hafengebäude und erklärte Janis schnell, was sie vorhatten.

„Du bist wahnsinnig. Aber viel Zeit bleibt nicht!"

Die Klappe hatte sich gesenkt und das Schiff verlor Ladung.

„Wenn die Klappe reißt…", begann Janis.

„ … sinkt die Fähre in zwanzig Sekunden. Wir müssen sofort los", ergänzte Angelos.

„Angelos, du kannst den Seabus nicht nehmen. Der Schwerpunkt liegt zu hoch. Nimm die Yacht dort rechts. Die Silberne. Dem Besitzer erzählen wir, sie wäre beim Sturm beschädigt worden. Also falls etwas passiert, meine ich."

Angelos grinste.

„Du hältst es für ein Himmelfahrtskommando!"

Janis nickte.

Als Angelos gegangen war, rief Janis Alex an.

„Er fährt raus, Alex!"

„Ich wusste es. Gott steh ihm bei."

Und mir, dachte Alex.

Die anderen Boote kämpften sich durch das Hafenbecken hinaus ins offene Meer.

Angelos folgte ihnen mit der „geliehenen"
Yacht. Er hatte als Obermaat a.D. Erfahrung
mit schnellen Schlauchbooten und genauso
knallte die Yacht über die Wellen. Er musste
genügend Abstand zwischen sich und die
anderen Boote bringen. Wie ein Fächer
bewegten sie sich auf die Fähre zu.
Dann drosselten alle das Tempo und näherten
sich der Seite, deren Bordwand schon fast
komplett aus dem Wasser ragte.
An das Absetzen von Rettungsbooten war
nicht zu denken. Auf der anderen Seite
theoretisch ja, aber die Wellen hätten sie
gegen das Schiff geworfen.
Es blieb nur der Sprung, der Sprung in den
sicheren Tod.

8

Zeitgleich stand in Ornos Alex am Fenster und sah das Drama.

Und mein Mann ist da draußen. Sollte er es überleben, dann bringe ich ihn um.

Er merkte, dass er zu zittern begann. Warum war ihm kein Frieden vergönnt? Weil ich einen Adrenalinjunkie geheiratet habe. Was ich damals nicht wusste. Aber Alex war so ehrlich zuzugeben, dass Angelos eben so war. Ohne Spannung und Risiko konnte er nicht leben. Und ja, sie hatten davon profitiert. Angelos hatte im Casino alles riskiert und mehr als 300.000 Euro gewonnen. Mit einer Seelenruhe. „Wer schon mal ganz am Boden lag so wie ich, den bringt so schnell nichts aus der Ruhe", sagte er damals. Und fügte hinzu: „Ich weiß, dass ich es nur mit dir schaffen konnte!"

Was wohl stimmte. Alex glich den Drang seines Mannes aus. Er bremste ihn.

Nur leider gelang es Alex an diesem Tag nicht. Ich kann hier nicht sitzenbleiben, dachte Alex. Er zog seine dickste Jacke an und ging zum zweiten Auto, das sie sich nach dem Gewinn zugelegt hatten und fuhr zum Hafen. Oder besser: er schwamm. Von den Hügeln kamen

Sturzbäche hinunter, wie sie Alex noch nie gesehen hatte. Die Umgehungsstraße zum Hafen hinunter war teilweise weggespült.

Mist, dachte Alex. Und zum ersten Mal war er froh, dass sich beim Kauf des Autos Angelos durchgesetzt hatte. Er bestand auf einem SUV.

„Alex, wie oft mussten wir auf irgendwelche Berge zum Observieren?"

„Praktisch bei jedem unserer Fälle", musste Alex zugeben. „Aber wie findet man mit so einem Monstrum einen Parkplatz?"

„Wenn du fährst: damit", sagte Angelos und zeigte ein Schild, auf dem stand: „POLIZEI IM EINSATZ!"

Alex lachte lauthals. „Wenn ich fahre? Unverschämtheit! Und wir sind nicht die Polizei. Obwohl, eigentlich ja. Also gut, von mir aus!"

Und tatsächlich fuhr der SUV durch die Wassermassen und das Geröll als wären sie nicht vorhanden.

Endlich erreichte er den Hafen.

9

Alex hatte keinen Blick für das Chaos im Hafen. Er parkte das Auto mitten auf der Straße (mit dem Schild „Polizei im Einsatz") Und rannte ins Hafengebäude, die Treppe hoch.

„Janis, wie sieht es aus?"

Alex´ Verhältnis zu Janis war gut. Janis war früher Polizist und Alex´ Untergebener, bis er Hafenmeister wurde.

„Kritisch. Schwer zu sehen durch die Wellen, aber ich glaube, sie bekommt Schlagseite. Hier, schau selbst!" Janis reichte Alex das Fernglas. Schon beim Hinschauen wurde Alex schlecht. Er war – untypisch für einen Griechen – wasserscheu und wurde schon in der Badewanne seekrank.

„Um Gottes Willen. Das Ding wird ja herumgeworfen. Als wäre es ein Pingpongball."

„Wenn du mich fragst, sinkt das Ding in einer halben Stunde. Lange hält die Klappe nicht mehr!", sagte Janis.

„Der Kapitän gehört standrechtlich erschossen. Du hast ihm das Auslaufen verboten, oder?"

„Klar!"

„Zeugen? Das ist wichtig!"

„Jede Menge. Ich war mal Polizist, schon vergessen?"

„Entschuldige. Ich stehe neben mir", antwortete Alex.

„Wo ist Angelos?"

„In der silbernen Yacht, rechts!"

Und tatsächlich. 300 Meter von der Fähre entfernt, schoss ein silbernes Etwas aus dem Wellental. Magensäure schoss Alex hoch. Hoffentlich ist er angeleint, dachte er, bevor ihm wieder einfiel, dass Angelos bei der Marine war.

Alex griff nach dem Funkgerät.

„Hafen an Pfirsich!"

Janis schaute Alex an, als wäre er gestört. Man hörte ohrenbetäubenden Lärm und den Satz: „Wenn das jemand gehört hat, bringe ich dich um!" Angelos lachte.

„Kann ich dir irgendwie helfen?", fragte Alex.

„Kannst du. Sag den anderen, sie sollen nicht in den Hafen fahren. Sie zerschellen vielleicht an der Mauer. Sie sollen in den alten Fischerei-hafen fahren!"

„Weil dort Sand ist und sie mit den Booten auffahren können. Richtig?"

„Bist doch mein Klügster", hörte er.

„Pass auf. Ich liebe dich!"

Rauschen.

„Janis, du hast es gehört. Wir brauchen die Rettungskräfte an der Uferpromenade, nicht hier!", sagte Alex.´

„Herrje, die haben unten schon alles hergerichtet", gab Janis zurück.

„Möchtest du, dass die Boote an der Kaimauer zerschellen?"

Es war eine rhetorische Frage.

An einem anderen Fenster standen noch weitere Beobachter. Plötzlich hörte Alex ein Aufstöhnen.

„Sie kippt. Die Fähre kippt!"

Und Alex gefror das Blut in den Adern.

10

Angelos bekam es zunächst nicht mit. Der Sturm verursachte einen Höllenlärm. Und er musste gleichzeitig Rettungsringe auswerfen und gleichzeitig darauf achten, dass seine Yacht nicht zu nahe an die Fähre kam.

Was ihn ermutigte: auch wenn er kein Netz an Bord hatte, konnten sich mindestens zehn Passagiere dank der Ringe über Wasser halten. Die Fischerboote oder später die Hubschrauber würden sie hoffentlich rechtzeitig auflesen.

Schon vor dem Ablegen hatte sich Angelos angeleint. Doch die Verbindung musste so viel Spiel haben, dass er zumindest die Rettungsringe erreichen könnte. Aber je länger die Leine, desto mehr wurde er hin und her geschleudert. Prellungen waren ok, Brechen durfte er sich nichts.

Er hörte das Funkgerät krächzen, verstehen konnte er jedoch nichts. Er arbeitete sich wieder zum Bug vor.

Satzfetzen. Alex' Stimme. Nur ein Wort war zu verstehen: „kentert".

Angelos sah hinüber zur Fähre und tatsächlich schien das Schiff nach hinten zu kippen. Er manövrierte die Yacht um das Schiff herum und sah, dass die Ladeklappe abgerissen war und Fahrzeuge aus der Öffnung ins Wasser fielen.

Auch die Passagiere hatten es mitbekommen, denn jetzt sprangen sie in großer Zahl ins Meer.

Vielleicht In den Tod. Besser, als mit dem Wrack in die Tiefe gerissen zu werden.

Das Geräusch von zerreißendem Stahl übertönte den Sturm. Dann waren es nur wenige Sekunden, bis die Fähre verschwunden war. Schneller als ein abtauchendes U-Boot war sie in die Tiefe gerauscht. Wie die „Titanic", nur ohne Orchester.

Angelos dachte noch „Weg hier!", da hatte ihn die Welle schon erfasst. Er spürte noch wie das Seil riss und er über Bord flog.

Ab da: Filmriss.

11

Dunkelheit und Kälte. Angelos zitterte am ganzen Körper.

Der Sturm hatte nachgelassen, sonst wäre er samt seinem Brett schon längst untergegangen. So hielt er sich mit beiden Händen fest, doch er spürte, wie die Muskeln langsam erschlafften. Die Hände waren schon blau angelaufen.

Und die Anstrengung forderte ihren Tribut. Nicht einschlafen, sonst bist du verloren. Langsam dämmerte ihm, dass er in wenigen Minuten sterben würde. Könnte.

Reiß dich zusammen. Er hielt sich nur noch mit einer Hand fest und schüttelte die andere, um die Muskeln zu lockern. Balancieren musste er mit den Beinen. Besser. Das Gefühl in den Fingern kam zurück.

Die Dunkelheit. Diese schreckliche Finsternis. Die Wolkendecke riss auf. Hätte dieser dämliche Kapitän drei Stunden gewartet, wäre wahrscheinlich nichts passiert und ich würde zuhause im Bett liegen.

So wird Alex die Nacht alleine verbringen müssen. Und vielleicht alle Nächte ab heute.

Nein. Alex ist nicht zuhause. Er wird die ganze Insel rebellisch machen, um mich zu retten. Bei dem Gedanken musste Angelos trotz der hoffnungslosen Lage lächeln.

Ich hatte ein schönes Jahr. Das schönste meines Lebens. Viele hatten in ihrem ganzen Dasein keine solche Phase des Glücks erleben dürfen. Dankbarkeit war angesagt.

Angelos hob den Kopf leicht und versuchte, sich zu orientieren. Nichts als Wasser.

Umdrehen, Angelos. Du musst zu den Sternen schauen. Aber es dauerte fünf Minuten, bis er seine Kräfte gesammelt hatte, um sich umzudrehen. Ganz vorsichtig, um nicht ins Wasser zu fallen.

Außer Atem lag er auf dem Rücken.

Ich bin ein Arschloch. Ich muss immer vorne dran sein. Dabei trage ich Verantwortung. Nicht nur für mich, sondern auch für Alex. Er muss unter meinen Ego-Trips leiden. Ich wäre schon längst tot, hätte er mich nicht schon mehrmals aus hoffnungslosen Situationen gerettet. Im Folterhaus, bei Dimitriadis, die Liste ist lang.

Und wie danke ich es ihm? Indem ich das alles vergesse und bei nächster Gelegenheit wieder als Erster die Hand hebe.

Signomi, Alex. Entschuldigung.

Angelos sah nach oben.

Wo ist der große Wagen? Da!

Die „Klappe hinten" mal fünf und du hast den Polarstern. Da ist er. Nun musste er warten.

Das Meer war mittlerweile komplett ruhig.

Was Angelos fast verzweifeln ließ: es waren keine Geräusche zu höher. Keine Hubschrauber. Entweder war er schon zu lange weggetreten oder sie hatten es generell aufgegeben.

Nein. „Sie" vielleicht. Alex nicht.

Er blickte wieder zum Himmel. Polarstern.

Er trieb nach Osten. Das zumindest passte.

Aber zu sehen war die Küste nicht.

Und plötzlich hörte er ein ganz leises Flop-Flop-Flop … Angelos lächelte.

Das gibt´s doch nicht. Er tut es schon wieder.

12

Noch acht Minuten. Noch acht Minuten Sprit.
Dann müssten sie zurück zum Tanken.
Eine Zeitspanne, in der ein Mensch erfrieren
könnte, wenn er denn irgendwo durchnässt
auf dem Meer treibt.

„Alex, da ist er", rief Kostas. Tatsächlich. Im
Lichtkegel war Angelos kurz zu sehen.
„Zurück", rief Alex.
„Nein, Alex. Ich fliege weiter nach Teheran.
Natürlich kehre ich um. Nur ist das kein Auto,
mit dem man eine Vollbremsung machen
kann", brüllte Kostas zurück.
Kostas brachte den Hubschrauber leicht
versetzt in Position, damit die Wellen durch
den Sog der Rotoren nicht zu stark würden.
„Ok, du weißt noch genau, was wir vorhin
besprochen haben?"
Das hoffe ich, dachte Alex, nickte aber.
Er, der Wasserscheue, in einem Neopren-
anzug, würde in Kürze in einem Korb hinunter
ins Meer abgeseilt.
Dafür bringe ich dich um, Angelos.

Wieder stieg Alex die Säure hoch, als er hoch
über dem Wasser hing. Warum zum Teufel sind

die Marinehubschrauber schon weg? Weil sie erst auftanken müssen, aber solange kann ich nicht warten.

Kostas ließ ihn hinunter.

Er landete einen Meter vom Brett entfernt und schwamm zu Angelos. Der lag wie tot auf seiner „Insel".

„Ich bin da", sagte Alex, obwohl der Lärm das Verstehen unmöglich machte. Aber Angelos lächelte ihn an. Das reichte. Alex legte sich auf den Körper und schrie Angelos ins Ohr: „Ich muss die Gurte unter den Armen durchziehen, ok?"

Angelos nickte schwach.

Vor Jahren, als er noch Kommissar war, hatten Alex und Kostas schon einmal ein Kind gerettet. Allerdings ist ein Sechsjähriger leichter zu bergen als ein Erwachsener.

Es ging nach oben. Bitte rutsch nicht ab, dachte Alex. Kostas fuhr die Winde ein und Alex klinkte sich und Angelos aus, löste die Gurte und packte Angelos sofort in mehrere Decken. Alex verspürte ein unglaubliches Glücksgefühl. Er hätte sich selber nie zugetraut, eine Wasserbergung zu versuchen. Angelos zitterte unkontrolliert. Nicht die Kälte, dachte Alex.

Er wusste: es war der Schock.
„Kostas, nach Hause!"
„Zu Befehl!", schrie Kostas.
Der Hubschrauber ging auf Kurs Mykonos-
Flughafen. Ein Fünf-Minuten-Flug.
Alex sah, dass Angelos etwas sagte und setzte
sich neben ihn auf den Boden.
„Du siehst sexy aus in Neopren!"
Alex lachte.
„Halt einfach die Klappe, Angelos mou!"
Mein Engel.

13

„Du elender Dickkopf. Du sollst doch nicht in
der Klinik bleiben, sondern nur für einen Check
…"
„Morgen. E.T. nach Hause", flüsterte Angelos.
„Gut. Dann lass mich wenigstens dort halten,
um ein paar Medikamente zu holen.
„Du willst bloß zu deinem schönen Chefarzt",
sagte Angelos leise. Wegen des Klinikleiters
gab es eine heftige Auseinandersetzung,
Angelos war zum ersten Mal eifersüchtig, weil
er merkte, dass André – der Chefarzt – Alex
gefiel.
„Das ist doch wohl ein Scherz. Wegen wem
bin ich denn ins Meer gesprungen? Für den
Doktor oder für dich?"
Angelos lächelte.
„War doch nur Spaß", kam leise.
„Zur Klarstellung: Jemand, der sich vor Wasser
und Höhe fürchtet, springt aus einem Hubschrauber ins Meer. Bei Sturm. Das heißt dann
wohl, dass ich dich liebe. Falsch: ich bete dich
an. So."

„Er braucht sicher Elektrolyte. Und vorsichts-
halber ein Antibiotikum, weil er sich sicher eine

Lungenentzündung geholt hat. Wärme. Bade-
wanne. Und morgen vorbeikommen!"
„Ob ich ihn dazu kriege?"
„Ist er immer noch eifersüchtig?", fragte
André.
„Oh ja", antwortete Alex.

Zuhause war Angelos so schwach, dass Alex
ihm die Treppen hochhelfen musste. Angelos
ließ sich auf den Vorleger im Bad fallen und
Alex zog ihn aus.
Mit größter Mühe gelang es Alex, ihn in die
Badewanne zu bugsieren. Dann ging Alex in
den Keller und holte zwei Radiatoren, einen
für das Bad, einen für das Schlafzimmer.
Ich müsste eine heiße Suppe kochen.
Dafür müsste ich wieder die Treppe hinunter.
Die Treppe. Nein. Ich kann nicht mehr.

Dann brach Alex im Schlafzimmer zusammen.

Drei Stunden später – gegen drei Uhr nachts –
wachte er vollkommen desorientiert auf.
Er lag im Bett, zugedeckt. Auf dem Nachttisch
stand eine Kanne Tee. Hochwillkommen,
denn Alex litt unter Schüttelfrost. Er schaute
nach rechts und sah Angelos neben sich
liegen.

Es war vorbei. Alles war gut. Außer einer von uns hat sich eine Lungenentzündung geholt, dachte er. Als Alex sich Tee einschenkte, wachte Angelos auf, genauso irritiert wie Alex.

„Ich wollte dich nicht alleine lassen, bin wohl umgekippt, sorry", sagte Alex.
Angelos rutschte zu ihm hinüber und kuschelte sich an ihn – und weinte hemmungslos.
„Ruhig, Großer, alles ist gut!"
Es dauerte, bis sich Angelos fing.
„Ich bin ein selbstsüchtiges und eitles Arschloch. Ich weiß nicht, wie du es mit mir aushältst", sagte er leise. Alex streichelte ihm den Kopf.
„Ach Großer, ja, du stehst immer in der ersten Reihe, aber nicht aus Geltungssucht oder Selbstverliebtheit. Du bist in dem Chaos im Hafen angekommen, hast die Leitung übernommen und alle sind dir gefolgt. Weil sie Vertrauen in dich haben. Du hast eine natürliche Autorität. Und nebenbei: alle deine Entscheidung waren richtig und haben Leben gerettet. Nur: du schätzt das Risiko manchmal falsch ein. Wo ich überängstlich bin, beschwichtigst du. Aber zu zweit gleichen wir das aus. Wenn ich aber noch einmal einen

Neoprenanzug nur rieche, bringe ich dich wirklich um!"

Angelos lachte und schniefte zugleich. „Normalerweise bringe *ich* dich immer zum Lachen. Danke."

Pause.

„Weißt du, dass ich die Hoffnung nie aufgegeben habe? Ich musste mir nur ein Wort immer wieder vorsagen: Alex. Er wird kommen! Der einzige Held in dieser Sache bist du. Du bist nicht nur mein Mann, sondern Vater, Bruder und Freund. Alles zusammen."

Von Angelos´ schwarzen Augen und seinem Blick bekam Alex Gänsehaut.

„Nun, ich kann schlecht dein Vater sein. Ich bin 35 und du 29. Aber wenn das heißen soll, dass ich um dich kämpfe wie ein Vater um sein Kind – ja. Und ich kann und will dich nicht ändern. Das würde in einer Katastrophe enden. Bleib so und ich gewöhne mich halt an Einsätze mit dem Hubschrauber", sagte Alex.

„Du bist der außergewöhnlichste Mensch, den ich je kennenlernen durfte. Und du bist meiner! Ich bin ein Glückspilz", antwortete Angelos.

„Und die nächsten zwei Tage bleiben wir im Bett. Komme, was wolle!"

Das aber sollte (natürlich) nicht eintreten.

14

Leider hatten die Herren Nikakis keine
Espresso-Maschine im Schlafzimmer. Ein
schweres Versäumnis.
„Mist", brummte Alex.
„Bleib liegen, ich mach schon", sagte
Angelos.
Beim Hinausgehen sagte er:
„Also, der Neoprenanzug sah wirklich sexy
aus!"
Das Kissen flog in Richtung Tür. „Raus!"
Angelos werkelte in der Küche. Plötzlich hörte
man ein „Ach du liebe Scheiße!"
Also stand Alex doch auf und ging hinunter.
Angelos stand vor dem Fenster. Natürlich war
das Unglück die Top-Nachricht.
„War doch klar", brummte Alex.
„Warte, bis Janis´ Statement nochmal
kommt." Unten lief das Newsband.
69 Tote, aber 343 Gerettete bei Fährunglück.

Waghalsige Rettungsaktion rettete viele Leben.

Alex wurde ein bisschen flau.

Dann war Janis zu sehen.

„Sie sind der Hafenmeister. Schildern Sie uns doch, wie es gelang, so viele Menschen zu retten", fragte der Reporter.

„Nun, normal überlebt bei einem Untergang in so schwerer See niemand. Es ist unserem Kommissar Nikakis zu verdanken, dass fast alle gerettet wurden. Er überzeugte die Fischer, doch hinauszufahren und zu versuchen, mit den Netzen Passagiere einzufangen. Und er hat die Fischer angewiesen, nicht in den Hafen einzufahren – dort wären viele an die Kaimauer geschleudert worden -, sondern in den alten Hafen mit seinen Sandbänken!"

„Wie war der Name des Kommissars nochmal?"

„Angelos Nikakis!"

Janis macht eine gute Figur, dachte Alex, während Angelos die Hände vors Gesicht hielt. Wäre er geltungssüchtig, wäre er um zehn Zentimeter gewachsen angesichts des öffentlichen Lobes. Aber er hatte nur seinen Job gemacht und wollte jetzt seine Ruhe. Nur: so funktioniert das heute nicht mehr.

Die Welt giert nach Helden. Man will einen Namen, ein Gesicht. Das hatte man nun.

„Konnte Janis nicht die Klappe halten?"

„Ich finde es honorig, dass er sich nicht mit fremden Federn schmückt", antwortete Alex.

„Angelos, was hast du erwartet? Du wirst drei Tage lang auf allen Kanälen zu sehen sein!"

„Neeiiin. Ich will nicht!"

„Keine Chance. Ich habe nur Angst, dass wir hinterher in Fanpost ertrinken. Und es mich vor Eifersucht zerreißt. Dein schönes Gesicht landesweit im Fernsehen. Ich werde ein MG kaufen müssen!"

„Du machst dich lustig über mich", knurrte Angelos.

„Nein. Du hast ein schönes Gesicht. Ideal fürs Fernsehen. Jammern hat jetzt keinen Sinn!"

Und schon stand im Newsband:

Örtlicher Kommissar rettete Hunderte Leben.

Angelos Nikakis ist Kommissar auf Mykonos.

„Ich bin gar nicht Kommissar", sagte Angelos.

Es kam, wie es kommen musste. Zehn Minuten später hörte man, dass außen Fahrzeuge vorfuhren und dass sich vor der Haustüre etwas tut. Schon läutete es.

„Hör zu. Ich gehe raus und sage denen, dass du in 15 Minuten ein Statement abgibst und das wird das einzige bleiben. Überlege dir, was du sagen willst", meinte Alex.

„Aber du gehst mit! Der eigentliche Held bist du, zumindest für mich"

„Nein, Großer. Die wollen nur einen: dich! Und außerdem kommen sie mit den zwei Kommissaren nicht zurecht. Das zu erklären, ist schwierig und bringt den Bürgermeister in Erklärungsnöte. Zwei Privatdetektive, die die örtliche Kripo ersetzen? Du weißt, dass das Innenministerium schon einmal darauf bestanden hat, dass einer von uns hauptamtlicher Kommissar wird. Besser gesagt, man wollte dich!"

„Stimmt alles, Alex. Aber ich gehe nicht ohne dich raus. Nicht, weil ich mich nicht traue. Es soll jeder sehen, dass ich ohne meinen Mann nichts bin. Und so werde ich es auch sagen. Ende der Diskussion."

15

Als Angelos und Alex zehn Minuten später vor die Türe traten, hatte sich die Menschenmenge fast verdoppelt und die Mikrofonständerwaren hoffnungslos verheddert.
Auch ein Scheiß-Job, dachte Alex.
Angelos ging nach vorne, Alex blieb dahinter.
Doch Angelos zog ihn nach vorne und legte seinen Arm auf Alex´ Schulter. Keine Chance zu entkommen.
„Zunächst wollen wir nicht vergessen, dass fast siebzig Menschen starben. Für die Angehörigen eine menschliche Katastrophe. Zugleich freuen wir – mein Mann und ich – uns darüber, dass so viele Menschen gerettet wurden. Hoffen wir, dass die Verletzten alle überleben. Ja, die Idee, einen Rettungsversuch mit Fischerbooten und -netzen zu wagen, stammt von mir. Umgesetzt wurde sie aber von mutigen Fischern, die ihr Leben riskiert haben!"
„So wie Sie", rief jemand dazwischen.
„Äh, ja, auf einem Brett im Sturm zu surfen, kann ich nicht empfehlen!"
Gelächter.

„Sie haben die Boote angewiesen, an den Stränden anzulanden und nicht im Hafen, wo mancher Geretteter gegen die Hafenmauer geknallt wäre. Stimmt das?"

„Ja, aber das wäre den anderen sicher auch noch eingefallen. Ich war nur schneller. Geholfen hat mir sicherlich die Tatsache, dass ich mal bei der Marine war, wenn auch nur als kleines Licht!"

„Sie haben den Kapitän festgenommen?"

„Ja. Aufgrund eines Haftbefehls. Er hat unverantwortlich gehandelt. Aber wir müssen uns alle an die Nase fassen. Dass Fähren mit noch offener Klappe losfahren, ist die Regel und nicht die Ausnahme. Wir schauen seit Jahren zu und machen nichts. Die Reeder müssen lernen, dass Leben wichtiger sind als Fahrpläne, zumal man jetzt ein Schiff als Totalverlust verbuchen muss."

„Zeugen berichten, es hätte eine Explosion gegeben und erst danach sei es richtig brenzlig geworden!"

ERT. Das Staatsfernsehen.

„Das ist meiner Beobachtung nach falsch. Die Lage war schon zuvor aussichtslos. Und die Explosion ist leicht zu erklären. Es waren die Kessel. Aber darum sollen sich Experten kümmern."

Der Mann von CNN meldete sich.

„Herr Nikakis, was fühlt man, wenn man auf einem Brett mitten in einem Sturm liegt und es stockfinster ist?"

Für einen kurzen Moment war Angelos abwesend.

Ja, die Dunkelheit. Die schreckliche Kälte. Die Erschöpfung. Aber da war auch die Hoffnung. Alex wird mich finden.

Er hat mich noch aus jedem Schlamassel herausgezogen.

Was war nochmal die Frage? Ach ja.

„Nicht sehr viel. Es ist zu kalt zum Denken. Ich glaube, in solchen Momenten schaltet das Hirn auf Stand-by!"

„Haben Sie zu irgendeinem Zeitpunkt die Hoffnung verloren?"

„Nein. Zu keinem Zeitpunkt. Ich wusste, dass mein Mann mich findet. Und so war es ja auch. Er saß in dem Hubschrauber, der mich letztlich gefunden hat. Wofür ich ihm doch ein bisschen dankbar bin!"

„Ist Ihr Mann stolz auf sie?", kam es aus der Menge.

„Fragen Sie ihn", sagte Angelos und zog Alex vor das Mikrofon. „Dafür bringe ich dich um", flüsterte Alex Angelos ins Ohr.

Der lächelte nur.

„Ob ich stolz bin? Natürlich. Aber nicht erst seit gestern. Er ist von Haus aus mutig. Viel mutiger als ich." Alex grinste.

„Und wie Sie sehen und hören können, ist er der bestaussehendste und klügste Mann der Insel. Und er ist meiner!"

Gelächter.

„Dafür bringe *ich* dich um", flüsterte ihm Angelos ins Ohr.

„An beide Herren: sind Sie glücklich verheiratet?" Zeitgleich antworteten die beiden: „Oh ja!"

Großes Gelächter.

„Herr Nikakis, halten Sie sich für einen Helden?"

„Quatsch. Der einzige Held hier ist mein Mann, der es mit mir aushält. So, das wär´s!"

Als die Tür hinter ihnen zufiel, drückte Alex Angelos fest.

„Und versprich mir jetzt nicht, dass du in Zukunft kein Risiko mehr eingehst. Das kannst du nicht einhalten. Du würdest sonst vor Langeweile eingehen. Ich habe es endlich begriffen. Das wärst nicht du. Also lassen wir das!"

Nun wurden Angelos Augen feucht.

Hoffentlich hinterlassen die Stunden auf dem Meer nicht noch ein zusätzliches Trauma.

Mein Mann, das Rätsel, dachte Alex.

„Ich frage mich, ob ich nochmal rausgehen und in die Kameras sagen soll, dass dein Kosename ‚Mein kleiner Pfirsich' ist. Die Schlagzeile wäre toll: ‚Pfirsich rettet Leben!'"

Alex grinste breit.

„Ich liebe dich, Alexandros mou. Aber für diese Unverschämtheit muss ich dich bestrafen. Ab nach oben!"

Sie hatten drei Tage keinen Sex gehabt.

Das wird die Hölle, dachte Alex.

Super!

16

Zwei Tage später läutete es gegen Mittag an der Türe. Als Alex öffnete, stand dort der Postbote. Er war allerdings kaum zu sehen, denn er trug einen großen Behälter.

„Fan-Post für den Herrn Kommissar!", knurrte er.

Alex trug den Behälter die Treppe hoch und kippte den Inhalt über das Bett.

„Was ist das?", fragte Angelos.

„Na, was wohl? Heiratsanträge, Liebeserklärungen…", brummte Alex.

„Muss ich das alles lesen? Oder gar beantworten?"

„Da hätten wir Monate zu tun. Reinschauen können wir ja mal", antwortete Alex.

Angelos griff sich einen Umschlag mit krakeliger Schrift und las vor:

„'Lieber Herr Angelos. Danke, dass du meine Mama gerettet hast. Anna, 6 Jahre.' Süß"

„Das hier ist weniger süß: ,Lieber Angelos, ich kann gar nicht glauben, dass ein Mann wie Sie mit Frauen nichts am Hut hat. Gerne würde ich Ihnen beweisen, dass auch ein weiblicher Körper seine Reize hat. Meine Telefonnummer lautet ..' Das ist doch wohl die Höhe", sagte Alex.

Angelos lachte.

„Ist ein Foto dabei?"

Alex kniff die Augen zusammen.

„Wenn hier eines dieser Weibsbilder auftaucht, schieße ich aus dem Fenster!"

„Komm, wir packen alles in den Karton und fahren in die Stadt. Ich habe Lust auf das ,Da Vinci'!", sagte Angelos.

„Du glaubst, wir können in Ruhe Espresso trinken? Na gut, versuchen wir es!"

Aber an Normalität war in der Stadt noch nicht zu denken. Zwar hatten die Medienvertreter Mykonos schon wieder verlassen, aber die Insel kämpfte mit den Folgen. Der ungünstige Wind trieb einen Schwerölteppich an die Küste. Da die wichtigsten Strände im Süden liegen, waren ölverseuchte Bereiche im Westen kein Riesenproblem. Mit Ölsperren versuchte man, den Ölteppich in Schach zu halten. Die Feuerwehr beseitigte die zähe Masse am Ufer mit Hochdruckreinigern. Leichen wurden keine mehr gefunden. Aber noch immer spülte die See Trümmer an Land. Als Alex und Angelos im ‚Da Vinci' Platz nahmen, kam es, wie es kommen musste. Einige Einheimische kamen an den Tisch und gratulierten Angelos und auch die anderen Gäste fingen an zu klatschen.
Angelos stand auf.
„Danke! Aber wir möchten gerne einfach in Ruhe Espresso trinken!"
Alex lachte.
„Sollten wir vielleicht Autogrammkarten drucken?"

„Hör auf. Du weißt, dass mir das wirklich lästig ist. Soweit solltest du mich kennen!", knurrte Angelos.

„Natürlich weiß ich das. Und in ein paar Tagen treibt man eine andere Sau durchs Dorf. Dann herrscht wieder Ruhe. Außer, Athen beschließt, dir einen Orden zu verleihen", antwortete Alex.

„Das ist jetzt nicht dein Ernst!"

„Wundern sollte es mich nicht. Aber egal. Das würdest du auch überleben. So wie ich den Neoprenanzug. Wenn ich nur an den Gestank denke!"

Auch an der Uferpromenade direkt vor dem Café mussten noch Trümmer entfernt werden. An anderen Stellen der Insel waren ganze Autos angespült worden. Im Zentrum ging es jetzt nur noch um Kleinteile – und schon wäre die Kykladenidylle wieder hergestellt, dachte Alex.

Dann würde es wieder um das Wichtigste gehen: möglichst viel Geld zu machen.

Doch er sollte sich täuschen.

Schon in wenigen Tagen sollte ein neuer medialer Sturm über die Insel ziehen.

17

„Sollten wir nicht schnell bei der Polizei
vorbeigehen und Maria gratulieren, dass sie
die neue Chefin geworden ist?", fragte
Angelos.
„Gute Idee. Machen wir", antwortete Alex.

Doch dazu kam es nicht.
Von der Uferpromenade hörte man lautes
Schreien. Einer der Männer kam ins „Da Vinci"
gerannt.
„Sie müssen kommen. Wir haben zwei Ölfässer
gefunden. In einem steckte eine Leiche!"
Angelos und Alex rannten zum Sandbereich
der Uferpromenade, wo mehrere Menschen
um eine Tonne standen. Manche knieten und
übergaben sich.
Endlich erreichten Angelos und Alex die
Tonne. Auch Alex übergab sich.
In dem Fass steckte nicht nur eine Leiche. Es
war ein Knäuel von Leichenteilen.
„Alex, geh hoch zu Maria und hol bitte Handschuhe. Nichts mehr anfassen", sagte Angelos
zu den Umstehenden.
„Garantiert nicht", murmelte einer.

Als Alex die Handschuhe brachte, griff Alex in die Tonne und holte ein Leichenteil, einen Arm, aus der Tonne. Und Alex übergab sich wieder.

„Danke, jetzt sind alle Espressi draußen", knurrte er.

Angelos hielt den Arm in der Hand wie ein Stück Holz. Mit Leichen hatte er mehr Erfahrung als Alex, schlicht deswegen, weil es in Saloniki deutlich mehr gab und gibt als auf Mykonos.

„Mindestens eine Woche alt. Und die Wunde sieht nach etwas Grobem aus. Kein Messer, kein Beil. Eher, ja, ich würde sagen, eine Motorsäge."

Erneut übergaben sich einige.

„Untersteh´ dich, den Kopf rauszuholen!", stöhnte Alex.

„Ok. Machen wir die zweite Tonne auf!"

Angelos entfernte die Klammern mit einer Brechstange und hob den Deckel an. Der Gestank war erbärmlich.

„Surprise, surprise. Hackfleisch Nummer zwei", sagte er lakonisch.

Auch aus der zweiten Tonne entnahm er ein Leichenteil.

„Das gibt´s doch nicht", sagte er. Er drehte das Teil und besah es aus verschiedenen Blickwinkeln.

„Alex, wir haben ein Problem. Das sind Marineuniformen. Die Toten sind griechische Soldaten."

Alex war perplex.

„Wer zum Teufel zersägt in Friedenszeiten zwei unserer Soldaten?"

„Das waren bestimmt die Türken, diese Bastarde", sagte einer aus dem Hintergrund.

Alex und Angelos sahen sich an. Beide wussten: das wird keine normale Mordermittlung, sondern ein politisches Erdbeben.

18

Dpa-Meldung, 25. März 2019:

Kampfflugzeuge der Türkei haben offenbar eine Reise des griechischen Premierministers Tsipras gestört. Sein Pilot musste den türkischen Jets ausweichen.
Mit einem Störmanöver haben türkische Kampfpiloten nach griechischen Angaben am Montag über der Ägäis einen Hubschrauberflug von Regierungschef Alexis Tsipras beeinträchtigt. Das berichtete Tsipras im griechischen Fernsehen ERT.

Der Premier war nach eigenen Angaben auf dem Weg zur kleinen griechischen Insel Agathonisi, als der Pilot seines Helikopters wegen der gefährlichen Bewegungen der türkischen Jets die Flughöhe habe ändern und tiefer fliegen müssen. "Diese dummen Aktionen haben keinen Sinn. Es wird nur Sprit verschwendet", sagte Tsipras.
Jahrzehntelanger Streit
Die beiden Nachbarstaaten streiten sich seit Jahrzehnten um Inseln vor der türkischen Küste. Die Türkei hat zahlreiche von Griechen

bewohnte, aber auch unbewohnte Eilande zu sogenannten "Grauen Zonen" erklärt – ihr Status sei unklar und müsse geklärt werden. Türkische Militärmaschinen überfliegen die umstrittenen Regionen täglich; dabei kommt es zu Scheinkämpfen und sogar Unfällen zwischen den Fliegern beider Länder. Eskalationen konnten in den vergangenen Jahren zum Teil in letzter Minute abgewendet werden.

19

Die Fässer wurden auf einen LKW verladen.
Natürlich verbreitete sich die Nachricht wie
ein Lauffeuer. In Kürze waren es vier statt zwei
Soldaten und außerdem habe man eine
türkische Flagge gefunden. Nonsens.
„Ich dachte eigentlich, wir wären über diesen
Unsinn hinaus", sagte Angelos.
„Vergiss es. Die menschliche Dummheit ist
genetisch bedingt. Man kann sie zwar mini-
mieren, aber bei den meisten ist es hoff-
nungslos", antwortete Alex.
„Scheiß Welt!", meinte Angelos.
„Da es sich wohl um Soldaten handelt, wird
sich das Verteidigungsministerium einschalten
und der EYP …"
Alex nickte.
„Begleitet vom Getöse der Medien und der
Politik in Athen. Es wird auf jeden Fall übel!"
„Was mir aber große Freude bereitet, ist die
Tatsache, dass dein Liebling in der Klinik das
alles sortieren muss!"
Angelos grinste – und Alex verdrehte die
Augen.
„André ist nicht mein Liebling!"
„Heißt er jetzt schon André statt Chefarzt?"

„Oh, Angelos, bitte!"
Es gab schon einmal einen veritablen Krach zwischen den Herren Nikakis. Der neue Chefarzt war attraktiv – und Alex hatte wohl einmal zu viel gelächelt. Angelos war stinksauer und tierisch eifersüchtig.

„Ok. Dann fährst du alleine in die Klinik, dann kann ich den ‚Chefarzt' nicht anlächeln", knurrte Alex.

„Kommt nicht infrage. Du wirst dem Gockel gefälligst zeigen, dass du verheiratet bist", antwortete Angelos.

Glatteis, Alex.

Und ich werde garantiert wieder alles falsch machen.

„Dann wollen wir mal testen, wie nervenstark ‚dein' André ist", sagte Angelos.

„Er ist nicht …, ach, rutsch mir den Buckel runter. Das nächste Mal lasse ich dich im Meer treiben!"

Angelos entgleiste das Gesicht.

Mist. Ich und meine Klappe.

„Entschuldige, ich hab nicht nachgedacht", sagte Alex zerknirscht.

„Zur Strafe musst du heute Nacht den Neoprenanzug nochmal anziehen!"

20

Als die Fässer vor der Klinik ausgeladen wurden, stand Chefarzt André Silva vor der Türe und machte gerade eine Zigarettenpause.

„Na, möchtest du einen Aschenbecher küssen?", fragte Angelos.

„Ich will ihn überhaupt nicht küssen, zum Donnerwetter. Ja, ich habe gestottert, als ich ihn das erste Mal gesehen habe. Und?"

„Warum hast du gestottert? Weil du ihn schön oder attraktiv fandest und findest!", bohrte Angelos weiter nach.

„Also er sieht nun wirklich gut aus. Aber ich küsse außer dich niemand und fasse auch niemand an. Kein Bedürfnis. Ich bin glücklich mit dir. Ende der Presseerklärung."

„Sehr gut. Dann sag ihm das doch so! Und so gut schaut er nun auf wieder nicht aus. Auf keinen Fall …"

„…ist er schöner als du. Das kann gar nicht sein", sagte Alex und lachte.

„Und? Weiter?", fragte Angelos.

„Er ist bestimmt nicht annähernd so klug wie du und sicher im Vergleich zu dir eine Niete im Bett!"

„Braver Alex!"
Und André strahlte Alex an. „Hallo, ómorfi-
mou!" Schöner Mann. Und nebenbei
„Hallo, Herr Nikakis!"
Angelos' Blutdruck stieg. Nicht aufregen, in
zwei Minuten lache ich.
„Hallo, Herr Silva. Wir bräuchten Ihre fach-
männische Beurteilung des Fassinhalts!", sagte
Angelos. „Ich mache es für Sie auf!"
„Vors .." – Alex kam nicht weit.
„Klappe, Alex!"

Die nächsten drei Sekunden verliefen wie
folgt:
Sekunde 1: Das Gesicht wurde grün.
Sekunde 2: André übergab sich.
Sekunde 3: André fiel in Ohnmacht.

Angelos bog sich vor Lachen.
„Das war nicht nett", meinte Alex.
„Aha. Und? Dieses ‚Herr Nikakis' war auch
nicht nett ‚ómorfi-mou' – ich glaube, ich
spinne. Natürlich bist du schon, sonst hätte ich
dich nicht geheiratet. Aber das sag gefälligst
nur ich", knurrte Angelos.
„Was machen wir jetzt mit ihm?", fragte Alex.
„Mund-zu-Aschenbecher-Beatmung?",
antwortete Angelos.

„Manchmal bist du unausstehlich!"

„Ja. Ich liebe dich auch", sagte Angelos und küsste Alex auf die Backe.

Angelos ging zurück ins Auto, holte eine kleine Flasche Wasser und schüttete sie André über den Kopf.

Prustend erlangte der junge Chefarzt wieder sein Bewusstsein.

„Oh Gott. So was hab ich noch nie gesehen. Ist in der zweiten Tonne …"

„Genau das gleiche. Soll ich öffnen?", fragte Angelos grinsend.

„NEIN. Bitte nicht. Ich muss mich erst erholen. Fahren wir die Dinger rein!"

21

Die Mörder waren zumindest so freundlich, dass sie die Leichenteile nicht durcheinander brachten, sodass sich die Frage, wohin welcher Arm gehört, nicht stellte.

„Wer holt jetzt den Kopf heraus?", fragte Angelos.

„Ich bestimmt nicht", antwortete André.

„Dachte ich mir schon!"

Angelos beugte sich weit in die Tonne und fischte den Kopf heraus. Im wahrsten Sinne des Wortes, denn im unteren Bereich war Wasser eingedrungen. Was den Zustand des Kopfes nicht verbesserte.

Prompt fiel der Chefarzt wieder in Ohnmacht.

„Bitte versprich mir, nichts zu tun, bis ich wieder da bin", bat Angelos.

„Wo willst du hin?"

„Äh, nur schnell zum Auto!"

Irgendwas führt er im Schilde, dachte Alex. Als Angelos wiederkam, hatte er eine Signaltröte in der Hand. Er kniete neben André und drückte auf den Knopf. Der Höllenlärm wurde durch den Keller noch verstärkt. Alex dachte, ihm platzt das Trommelfell. Und Andrés Oberkörper schnellte nach oben.

„Du bist ein Sadist", knurrte Alex.

„Nur bei Männern, die meinen Mann anbaggern!" Angelos grinste.

„Ok. Ich gebe auf. Ich habe es begriffen. Nur hören Sie auf, mich zu traktieren!"

„Wenn Sie begreifen, dass Alex mein Mann ist, kommen wir hervorragend aus", sagte Angelos.

„Also dann zur Sache. Ich vermute, die Wunden stammen von einer Motorsäge. Wichtig wäre, ob sie vorher betäubt wurden!"

„Warum?", fragte André.

„Weil es die Angehörigen trösten würde, dass sie nicht lebendig geschlachtet wurden", antwortete Alex.

„Heiliger Gott, liefert ihr mir öfters so etwas?"

„Leider. Aber wenn Sie brav sind, warnen wir Sie in Zukunft vor", sagte Angelos.

„Oh ja, bitte. Dann nehme ich zwei Valium und ertrage das besser! Gut, dann mache ich mich an den Mageninhalt und gebe Ihnen Bescheid!"

22

Im Auto sah Alex Angelos von der Seite an.
„Schau mich nicht so an. Ich bin der fried-
lichste Mensch der Welt. Außer es handelt sich
um Schönlinge, die glauben, sie können
verheiratete Männer anbaggern! Vor allem
meinen Mann. Wäre es mir egal, hättest du
ein Problem!"
Damit hatte Angelos recht.
„Hoffentlich bist du dann auch gnädig zu mir,
wenn ich wieder eifersüchtig werde und tust
es nicht einfach ab. Gleiches Recht für
beide!"
„Abgemacht!"

Ausnahmsweise schaltete Alex das Radio an.
„ … es kann doch gar nicht anders sein, als
dass die Türken für die bestialische Tat
verantwortlich sind. Sie haben zwei unserer
tapferen Soldaten hingerichtet und zer-
stückelt. In den Tonnen wurden bekanntlich
Indizien gefunden, die auf Ankara hinweisen.
Und der Grund liegt doch auf der Hand: Die
zwei Soldaten liefen Patrouille auf Agathonisi,
einer Insel, die rechtmäßig uns Griechen

gehört, auf die die Türken aber schon immer ein Auge geworfen haben.

Dass diese Inseln durch einen Vertrag 1920 zu uns kamen, interessiert sie nicht. Sie haben sich nicht nur griechische Städte unter den Nagel gerissen, man denke an Smyrna, nein, sie wollen sich in der ganzen Ägäis breitmachen. Naxos, Rhodos, Mykonos – alles soll türkisch werden. Aber wir haben 1830 nicht gegen das Osmanische Reich gekämpft UND gewonnen, um 200 Jahre später wieder unterjocht zu werden.

Dann bleibt immer noch die Frage, wie es zu dem Fährunglück kam. Offiziell erzählt man uns etwas von einer Kesselexplosion, vor allem dieser lauwarme Kommissar. Lächerlich. Augenzeugen, die aufrechte Griechen sind, berichten übereinstimmend von einer Explosion. Vergessen wir nicht: die Toten waren fast ausschließlich Griechen, wehrt euch! Seid wachsam!"

„Lauwarm? Unverschämtheit. Dabei bin ich sowas von heiß", sagte Angelos lachend. „Was für einen Trottelsender hören wir denn da?"

„Radio Groß-Griechenland. Die sitzen irgend-
wo auf dem Peleponnes. Ich glaube, in Katari.
Rechter geht´s nicht mehr. Und lauter Lügen.
Nichts deutet auf Türken hin. Es gab keine
Bombe an Bord!", regte sich Alex auf.
„Stimmt. Die einzige Granate warst du in
Neopren", sagte Angelos grinsend.
„Sehr witzig!"
„Wir wussten, dass das Ganze politisch wird
und hohe Wellen schlägt. Leider haben wir
keinen Anhaltspunkt. Wir wissen nicht einmal,
ob die Fässer von der Fähre stammen.
Wären die Fässer in Piräus aufgetaucht – die
Aufregung in den Medien wäre viel größer
gewesen. Ich denke, sie sollten nach Piräus.
Nur: wo wurden sie eingeladen? Santorini?
Oder doch bei uns? Wir müssen auf jeden Fall
Janis befragen. Obwohl: zwei Öltonnen
beachtet in einem Hafen ohnehin niemand!",
sagte Angelos.
„Wie scharfsinnig doch mein lauwarmer Ehemann ist", sagte Alex grinsend und lehnte sich
an Angelos´ Schulter.
„Du wirst zunehmend frech. Dein Glück, dass
du für deinen Wasserhopser noch ein paar
Punkte gut hast!"
„WASSERHOPSER?"

„Ich liebe dich auch", sagte Angelos und lachte.

23

Konstantinos Bakakis saß auf seiner Veranda und blickte über die Bucht von Panormos. Gerade eben hatte er seine Rede über Radio gehört. Denn „Radio Groß-Griechenland" saß nur auf dem Papier in Katari. In Wahrheit kamen alle Wortbeiträge aus Mykonos, besser gesagt aus seinem Studio, seiner Kommandozentrale. Die Beiträge gehen über das Netz nach Katari und werden von dort terrestrisch ausgestrahlt. Es gibt aber auch genügend Hörer im Internet oder Leser auf Facebook oder Twitter. Die Linken denken immer, wir seien altmodisch und rückständig.
Dabei sind wir in den sozialen Medien präsenter und einflussreicher als ihr, lobte sich Bakakis selber.
Er hatte aber einen Fehler gemacht: den Seitenhieb auf den Schwuchtel-Kommissar. gut, er war landesweit zu sehen, aber er wollte jeden Ortsbezug eigentlich vermeiden.

Sei´ s drum.

Zunächst war Bakakis entsetzt über das Fährunglück. Nicht, weil ihm die Menschen leid taten, sondern weil es den Ablaufplan gewaltig störte. Die Fässer sollten nach Athen und nicht hier auf Mykonos landen. Saublöder Zufall. Aber nicht mehr zu ändern.

Machen wir das Beste draus, lautete sein Motto. Und so machte er aus dem Unglück einen vermeintlichen Anschlag. Ob wahr oder nicht – wer uns hört, WILL es glauben und lechzt nach Bestätigung. Um Information geht es schon lange nicht mehr.

Tatsächlich war Bakakis überrascht, wie heftig die Reaktion auch auf Mykonos war. Das Misstrauen oder der Hass auf die Türken scheint doch Teil der DNA zu sein. Knapp 200 Jahre nachdem die Insel befreit worden war. Multikulti waren nur die Gäste. Aber offensichtlich wünschten sich viele die gute, alte Zeit zurück. Die vor allem eines war: arm.

Aber egal. Es passte perfekt.

Nun wäre es an der Zeit, die Volksseele weiter hochkochen zu lassen.

Ein kleineres Problem hatte er noch: er musste eine Gefahrenquelle beseitigen.

Nicht, dass die zwei lauwarmen Kommissare eine Spur finden würden. Da Bakakis schon lange auf Mykonos lebte, wusste er genau, dass er die zwei nicht unterschätzen durfte. Den Fehler hatten schon viele begangen. Vor allem der junge ist gefährlich, dachte Bakakis. Gut, darum könnte sich Washington kümmern.

24

Auch jenseits des Atlantiks war man über die Entwicklung überrascht. Oder besser entsetzt. Der Plan wurde durch das Fährunglück vollkommen durcheinander gebracht. Aber schnell erkannte Jefferson, dass sich daraus andere Möglichkeiten ergaben. Dafür war ein Think tank eben da. Alle Optionen ausloten. Was eine Störung schien, erwies sich jetzt als Segen. Zusätzliche Information. Über alle Kanäle wurde das Gerücht gestreut, die Türken hätten die Fähre gesprengt. Und das Gerücht wird – gefiltert durch Breitbart – zur Information und im letzten Stadium zur Wahrheit.
Glorreiche Zeiten. Schöne, neue Welt.

Nun werden wir alles lodern lassen und dann in wenigen Tagen neues Öl ins Feuer gießen. Athen wird bildlich explodieren und Ankara würde nicht wissen, wie ihm geschieht und in Brüssel konnte sich Jefferson gut vorstellen, wie die Europäer wie Hühner durch ihre Büros rennen.

Die Deutschen würden sich auf die Seite Ankaras stellen, die Franzosen stattdessen … Alles perfekt. Der ganze Saftladen NATO würde implodieren. Und Billionen von Dollars könnten endlich in die eigene Armee investiert werden. Geld, das bisher in Brüssel versickerte. Und für ihre tatkräftige Hilfe würden die Herren der griechischen Marine fürstlich entlohnt.

Ein Problem oder besser zwei gab es aber noch: einen Mitwisser, der kein Verbündeter war und dann irgendein griechischer Kommissar …

Jefferson drückte einen Knopf:

„Priscilla, wie heißt der schwule Bulle auf Mykonos?"

„Nikakis, Angelos Nikakis!"

25

„Muss ich jetzt wirklich diesen ekelhaften
Anzug anziehen?, fragte Alex.
„Klar. Strafe muss sein. Außerdem siehst du
wirklich taff und scharf aus in dem Ding",
antwortete Angelos.
Alex fühlte sich in dem Neoprenanzug wie
eine Presswurst.
„Reicht das jetzt?", fragte er.
„Ja. So kann ich mich wenigstens daran
erinnern, was du getan hast. Ich hab´ ja nicht
viel mitbekommen", sagte Angelos.
„Ich dachte, du wolltest dich über mich lustig
machen", meinte Alex.
„Du solltest mich besser kennen!"
„Sorry, Großer. Kann ich jetzt ….?"
Alex steckte noch im Anzug, als Angelos´
Handy klingelte.
Wann zum Teufel haben wir mal unsere Ruhe?
„Hallo, Richter. Was gibt´s?"
Richter Mantzaris war inzwischen ein Freund
der Herren Nikakis geworden. Die Anrede
‚Richter' als Vorname hatte sich so
eingebürgert, weil er wie Alex hieß –
Alexandros.

„WAAASS? Wie konnte das passieren? Mist verfluchter. Wir kommen!"
Angelos schaute verdattert.
„Was ist?" fragte Alex.
„Der Kapitän hat sich erhängt. Oder wurde erhängt!"

Richter Mantzaris schaute betroffen.
„Wie kann das sein? Das Seil hat er bestimmt nicht von euch, oder?", fragte Angelos.
„Blöde Frage. Wir nehmen Häftlingen alles ab, selbst Handykabel!"
„Dann kam das Seil von außen. Und er hat sich nicht selbst erhängt, sondern er wurde ermordet. Aber wie kam der Mörder herein?", hakte Angelos nach.
„Äh, ja. Christos ist wohl eingenickt", sagte Mantzaris kleinlaut.
„Oder eingenickt worden", antwortete Alex.
„Er kann sich an nichts erinnern, also …"
„Alles klar. Nun, es könnte ein Racheakt eines Angehörigen sein. Aber ein Außenstehender kennt die Örtlichkeiten nicht. Er weiß auch nicht, dass nur eine Person Wache schiebt. Nein, das können wir vergessen", sagte Angelos.
„Heißt, es war doch ein Anschlag?", fragte Alex.

„Nein, Alex, das glaube ich nicht. Es gab keine Explosion. Aber kein Kapitän wäre bei dem Sturm ausgelaufen!"

„Außer er wurde gezwungen oder bezahlt", ergänzte Alex.

„Genau. Bleibt die Frage, warum? Warum war es so wichtig, dass er ausläuft? Ich kann es dir sagen: die Ladung! Irgendetwas musste unbedingt nach Piräus oder Athen", sagte Angelos.

„Die Fässer!", rief Alex.

Angelos grinste.

„Aber was hätte es für einen Unterschied gemacht, ob die Dinger einen Tag später ankommen?", fragte Mantzaris.

„Wenn es einen minutiösen Plan gibt, indem noch andere Punkte vorgesehen sind. Und was uns überhaupt nicht schmecken wird: vielleicht wollte man die Fässer unbedingt hier weg haben", sagte Angelos.

„Warum das?", fragte Alex.

„Weil die Mörder auf Mykonos sitzen und jede Spur verwischen wollten!"

Angelos schaute zerknirscht.

„Was heißt: nicht nur hier gefunden, sondern auch hier ermordet. Puh. Das wird haarig", sagte Angelos.

„Was ich nicht verstehe, ist, warum der Alarm nicht losging. An der Treppe ist ein Bewegungsmelder", sagte Mantzaris.

„Richter, Bewegungsmelder lassen sich ganz leicht täuschen. Wenn man extrem langsam läuft, schlagen sie nicht an. Die Dinger kann man in die Tonne klopfen, wenn der Eindringling ein wenig Ahnung hat", antwortete Angelos.

Davon hatte auch ich keine Ahnung, dachte Alex. Nun gut, Angelos ist der bessere Polizist. Damit kann ich leben.

„Gut, Richter, lass die Leiche in die Klinik bringen. Dort haben wir ja einen ausgemachten Fachmann für Leichen!"

Angelos grinste – und Alex verdrehte die Augen.

Das darf ich mir bis zum letzten Tag meines Lebens anhören.

26

Kaum im Auto, küsste Angelos Alex und sagte:
„Entschuldige, ich werde den Chefarzt nicht
mehr erwähnen."
„Das wäre mir sehr recht. Da war nun wirklich
nichts." Aber das im Gericht/Gefängnis war
eine beeindruckende Leistung, Großer,
dachte Alex.
„Und nein: ich bin nicht der bessere Polizist",
sagte Angelos mit einem Grinsen.
Alex schaute beträppelt.
„Nun schau nicht so. Natürlich weiß ich, was
du denkst. Schließlich bin ich dein Mann. Und
der kennt dich in- und auswendig. Um gut zu
sein in seinem Beruf, ist es hilfreich, wenn man
glücklich ist. Und das bin ich!"
Er hält sich tatsächlich an sein Versprechen,
dachte Alex. Er sagt mir, wie wichtig ich für ihn
bin. Auch wenn es nicht nötig wäre, freut man
sich doch.
„Deine Fähigkeiten werden vollkommen
verschwendet auf dieser Insel", sagte Alex.
„Woanders wäre ich allein und würde nichts
auf die Reihe kriegen", antwortete Angelos.
„Und du weißt das auch!"
„Trotzdem schön, dass du es sagst."

„Wie gerne man doch ein Lob hört. Und du lachst immer, wenn ich hören möchte …"
„ … dass du schön und intelligent bist. Begriffen!", sagte Alex lachend.

Während die Herren Nikakis auf dem Weg nach Ornos waren, betrat Dimitrios Manolas seinen Schweinestall oder besser: seinen Mastbetriebstall. Und er war übellaunig. Mit jedem Tag nahm die Lust an seiner Arbeit ab. Nicht, weil sie schmutzig war oder wegen des Gestanks. Er war Schweinezüchter in dritter Generation und er war voller Erwartungen, als ihm sein Vater endlich den Betrieb übergab. Es war schon fast zu spät, denn in diesem Geschäft hat der Kleinlandwirt keine Chance. Also hatte er kräftig investiert und modernisiert. Doch seit einem Jahr wusste Manolos, dass er bald am Ende sein würde.
Und dies ohne eigenes Verschulden. Er hatte eine 80-Stunden-Woche und leistete sich: nichts. Warum das Ende seines Betriebes bevorstand? Es gibt kein Wasser mehr, also musste es mit dem Tankschiff kommen und ist fast unbezahlbar. Es regnet einfach nicht mehr. Der Stausee ist seit Jahren nur noch ein Tümpel. Und statt Regen kommt eine

Hitzewelle nach der anderen. Noch vor zwanzig Jahren hatte ein Stall keine Lüftung oder Klimaanlage. Heutzutage läuft die Kühlung des Stalls den ganzen Tag, sonst würde kein einziges Tier mehr leben. Doch wer soll den Strom bezahlen? Manolos bekommt 20% weniger pro Kilo als sein Vater vor 20 Jahren.

Es wäre billiger, sich sofort aufs Kanapee zu legen und drei Tage durchzuschlafen. Aber was sollte er dann tun? Er war Viehzüchter. Schweinehirt. Etwas anderes hat er nie gelernt. Und dann die Schande, dass er den Familienbetrieb in den Ruin geführt hat. Nur weil niemand mehr einen anständigen Preis für Fleisch bezahlen wollte.

Im Prinzip kann ich mich aufhängen, dachte er. Für einen Neuanfang bin ich schon zu alt. Gut, er besaß noch das Tafelsilber: die Grund-stücke, aber die liegen im Inselinneren und dort will kein Hotelinvestor bauen.

Da kam Manolos der vorgestrige Besuch wie ein Wunder vor. Der Mann wollte direkt drei Schweine kaufen, für eine große Familienfeier, wie er sagte. Muss aber eine Riesenfamilie sein, dachte Manolos. Egal, er zahlte bar und das Dreifache des Normalpreises. Aber er bestand darauf, dass die Schweine zwei Tage

nicht gefüttert werden. Sie seien zu fett.
Manolos wies ihn darauf hin, dass es sein
könne, dass sie sich selber anfressen, denn ein
Schwein sei nun mal ein kannibalisches Tier.
 Der Mann wurde daraufhin unwirsch und
fragte, ob er nun das Geld wolle oder nicht.
Natürlich wollte Manolos.
Lustlos ging er in den hinteren Bereich, indem
er die drei Schweine hielt.
Plötzlich blieb er stehen. Obwohl nicht zart
besaitet, übergab sich Manolos.
Im Geviert der Schweine lag eine Leiche.
Nein, es waren die Reste einer Leiche.
Die schmackhaftesten Teile hatten die
ausgehungerten Schweine vertilgt.

27

Kurz darauf läutete Manolos Telefon.
„Waren Sie schon in Ihrem Stall?"
Es war die Stimme des unbekannten Käufers.
„Ich deute Ihr Schweigen als ‚ja'. Nun. Sie
können natürlich der Polizei von meinem
Besuch erzählen. Oder aber sie nehmen die
50.000 Euro, die in dem Koffer neben dem
Eingang stehen!"
Tatsächlich. Da stand ein schwarzer Koffer.
„Sie haben nichts gesehen. Und ich war nie
da. Erzählen Sie etwas anderes, landen Sie
selber im Schweinestall. Aber zuerst hacke ich
Ihnen die Hände ab. Und jetzt rufen Sie die
Polizei!"
Der Mann legte auf.
Kurzzeitig hatte er überlegt, die Leichenreste
in die Sickergrube zu werfen. Dort würden sie
bei archäologischen Ausgrabungen im Jahre
2500 gefunden, vorher sicher nicht.
Manolos zitterte.
Natürlich würde er niemandem von dem
Besuch oder dem Geld erzählen. Dass die
Schweine hungrig waren, konnte man jetzt
nicht mehr sehen. Sie hatten ausgiebig
gespeist.

Warum zum Teufel war es dem Mann so wichtig, einen Mord zu melden, den er geplant und wahrscheinlich auch ausgeführt hat?

In Ornos lag zur gleichen Zeit Hauptkommissar a.D. Angelos Nikakis auf seinem Ehemann und beglückte ihn. Und besagter Ehemann vergoss Tränen.

„Was ist mir dir? Habe ich etwas falsch gemacht?", fragte ein beunruhigter Angelos.

„Oh nein. Im Gegenteil", flüsterte Alex. „Ich glaube, ich bin süchtig nach dir!"

„Aber was ist daran schlimm? Ich bin und bleibe da. Schlimm wäre, wenn ich es ausnützen und dich schlecht behandeln würde. Tue ich das?", fragte Angelos.

„Natürlich nicht. Darf man nicht weinen, wenn man vollkommen glücklich ist?"

„Doch. Ich kann es verstehen. Du hast mit mir nun mal einen Haupttreffer gelandet!"

Angelos schaute unschuldig und Alex bog sich vor Lachen.

Diesmal brummte Alex´ Handy.

„Ich werde noch verrückt", fluchte er.

„Bitte wer? Manolos? Dimitrios? Ja, du störst, aber jetzt ist es schon passiert. Was gibt´s denn?"

Alex sagte nur: „Wir kommen!" und dann zu Angelos: „Bei Manolos liegt eine Leiche im Schweinestall. Angefressen!"

„Das wird eine schwere Prüfung für unseren Chefarzt!"

„Angelos! Du hast versprochen ..."

„Stimmt. Synchorete me!" Verzeih mir.

Angelos griff nach dem Handy und rief in der Klinik an.

„André? Hier Nikakis. Ja, Alex´ Mann. Hören Sie zu. Wir kommen in einer Stunde mit einer Leiche, die von Schweinen angefressen wurde. Das wird bestimmt nicht leicht, für keinen von uns. Also wäre eine Valium und etwas für den Magen nicht schlecht!"

Stille.

„Nein, ich will mich nicht lustig machen, sondern Sie nur vorwarnen. Wir müssen uns bestimmt alle übergeben!"

Stille.

„Ok, bis dann!"

„Das war ein feiner Zug von dir", sagte Alex.

„Ich lerne von dir. Jeden Tag", antwortete Angelos und küsste Alex.

„Ich hatte schon überlegt, ob ich André sagen soll, dass dein Spitzname ‚mein kleiner Pfirsich' ist!"

„Dann wärst du der nächste in einer Tonne!
Und jetzt los zum kollektiven Übergeben!"

28

Angelos hing über dem Geländer und
erbrach sich zum zweiten Mal. Alex war schon
bei Stufe 3.
„Das erste Mal, dass es auch dich erwischt. Du
bist also doch ein Mensch", sagte ein
erschöpfter Alex.
„Am Schlimmsten sind die fehlenden Augen.
Als wäre es eine Delikatesse für die Viecher.
Ich jedenfalls esse kein Schwein mehr",
antwortete Angelos. Beim Stichwort „Essen"
erreichte Alex Stufe 4 und langsam kippte der
Kreislauf.
„Dimitrios, Wasser und ein Hocker!", rief
Angelos, der Alex stützte.
Der Anblick war unerträglich. Die schmackhaftesten Teile des Kopfes – weg. Arme gab
es nicht mehr, Beine auch nicht. Alles bis auf
den letzten Rest Fleisch weg.

Lediglich in der Körpermitte – Herz, Magen –
war die Leiche fast unversehrt.

„Haben Schweine etwas gegen Innereien?",
fragte Alex leise.

„Schweine haben einen hervorragenden
Riechsinn. Vielleicht war im Magen etwas, das
sie als unbekömmlich oder gefährlich
ansahen", vermutete Angelos.

„Du denkst, das Opfer wurde vergiftet?"

„Zu wünschen wäre es ihm. Oder er wurde nur
betäubt. Was nicht heißt, dass er nicht aufge-
wacht ist, als die Schweine..."

Alex erreichte Stufe 5. Die Vorstellung, ein
Mensch könnte bei lebendigem Leibe
verspeist werden, war zu viel für ihn.

Angelos streichelte ihm über den Kopf.

„Entschuldige, ich wollte dich nicht ..."

„Natürlich nicht. Ich bin halt nur empfindlicher
als du", flüsterte er entkräftet.

„Dimitrios, irgendetwas gesehen oder
gehört?"

Manolos schüttelte den Kopf. Wortkarger
Zeitgenosse, dachte Angelos.

„Ist hier nicht abgeschlossen?"

Manolos sah ihn an, als wäre er nicht ganz bei
Trost.

„Nein. Wer stiehlt denn auch ein Schwein? Da bräuchtest du drei Mann und das Quieken würde man bis Naxos hören!"

Wo er recht hat, hat er recht, dachte Angelos.

„Ok, rufen wir den Krankenwagen!"

Auf Mykonos werden Leichen im Krankenwagen transportiert, damit die Touristen keine Leichenwagen sehen müssen.

„Ich warne die Sanitäter lieber mal vor", sagte Angelos. Alex nickte.

„Und die Preisfrage lautet: Wer ist das?"

Angelos besah nochmals den Menschenrest. Der Magen ist noch da, also würde man den Inhalt feststellen können und die DNA. Plus ein paar Gewebefasern. Die Zähne waren irgendwo in den Saumägen.

Kurz überlegte er, ob man nicht diese Drecksviecher auch obduzieren müsste, um ein paar Teile wiederzubekommen, aber die Magensäure von Schweinen...

Angelos, vergiss es!

„Und noch eines, Manolos. Die Tiere werden noch heute getötet und nicht verkauft! Verstanden?"

Es wankten kurze Zeit später vier schneeweiße Gestalten zur Klinik herein. Alex, Angelos und die zwei Sanitäter. Empfangen wurden sie von Chefarzt Silva, der ein undefinierbares Lächeln im Gesicht hatte.

„Der hat nicht nur eine Valium intus", sagte Angelos. „Das sieht mir nach einer Dröhnung Amphetamine aus!"

„Hereinspaziert, die Herren. Wo ist denn das Corpus delicti?"

Die Sanitäter trugen schwankend die Bahre.

„Oops. Der Herr hat offensichtlich Probleme. Schauen wir mal, was ihm fehlt!"

„Ich würde sagen, ihm fehlen Arme, Beine und große Teile des Kopfes. Aber geben Sie mir doch ein Rezept für das Zeug, das Sie eingenommen haben", sagte Angelos.

„Duzen wir uns doch. Unsere Anfangsschwierigkeiten vergessen wir mal. Ich habe noch ein paar Probepillen. Ich hole sie, Moment. Bringt den Herrn doch derweil in den Keller!"

Angelos lachte.

„Langsam wir er mir doch sympathisch."

„Und wehe du behältst die Pillen für dich", knurrte Alex.

„Mein Süßer, damit veranstalten wir eine heiße Nacht", antwortete Angelos.

„Ich würde gerne draußen warten", sagte Alex. „Klar!" „Danke!"

Im Keller schien dem Chefarzt der Anblick überhaupt nichts auszumachen. Vielleicht sah er den Schlamassel auch gar nicht. Beim Sezieren rutschte ihm zwei Mal das Messer ab.
„Besser, du gibst mir das Ding und sagst mir, was ich tun soll", bot Angelos an.
„Oder so. Hier ein umgedrehtes ‚V', sehr gut! Na da haben wir ja das Mägelchen. Jetzt mache ich weiter, schöner Mann!"
Er begann zu lallen.
„Ich würde sagen, der Mageninhalt reicht morgen noch. Nur die Gewebeprobe eilt", sagte Angelos.
„Gute Idee!"
André gab Angelos eine Schachtel Pillen und legte sich auf den nächsten Seziertisch.
Und weg war er.

Laut lachend verließ Angelos die Klinik.
„Also wenn die Dinger bei uns auch so wirken. Dein André ist zwar eingeschlafen, hatte aber eindeutig eine Erektion!"
„Mein André?", knurrte Alex.
„Tschuldige!"
„Los. Her mit der Pille!"

29

Kaum zuhause in Ornos angekommen, beschloss Angelos, sich ein wenig hinzulegen. Vorher noch ein kleiner Espresso, denn die Herren hatten für das Schlafzimmer eine zusätzliche Maschine angeschafft.
Er schaute zum Fenster hinaus und sagte: „Wir müssen die Vermisstenlisten anfor …"
Weiter kam Angelos nicht. Er hörte ein Knurren, dann warf ihn Alex aufs Bett, setzte sich auf ihn und zerriss sein Hemd.
„Was zum Teu …"

Als sich der Tornado nach zwanzig Minuten gelegt hatte, war Hauptkommissar a.D. Angelos Nikakis restlos bedient.
„Du bist ein Monster", sagte er mit erschöpfter Stimme.
„Also ich fühle mich gut. Tolle Pillen. Wie wär´s mit noch ´ner Runde?"
„Bitte nicht. Und du rührst die Dinger nicht mehr an!"
„Mein Sexgott fleht um eine Pause?", fragte Alex lachend.
„Ja, weil mein Ehemann gedopt ist und mich plattwalzt!"

Da brummte Angelos´ Handy. Gott sei Dank, dachte er.

„Richter! Sie schickt der Himmel!"

„Warum?"

„Weil mein Göttergatte Amphetamine einge-worfen hat und zum Sexmonster mutiert. Finger weg, Alex, oder ich hole meine Glock!"

„Ehelicher Sex mit einer Pistole? Interessante Variante", sagte Richter Mantzaris. Bei der Gelegenheit könnte ich meine Alte gleich erschießen, dachte er.

„Sie rufen an wegen der Leiche bei Dimitrios? Äh ja, viel ist nicht übrig!", sagte Angelos.

„Warum? Aufgefressen. Insofern lässt sich nur über DNA feststellen, wer …"

„Oh SCHEISSE!", rief Mantzaris.

Seit wann kennt Mantzaris solche Worte, fragte sich Angelos.

„Es muss nichts heißen, aber der Bürgermeister ist gestern zu einer Sitzung nicht erschienen. Und heute Morgen nicht im Rathaus!"

„Vielleicht braucht er eine Auszeit. Immerhin hat er Frau und Tochter verloren. War schon jemand bei ihm?", fragte Angelos.

„Ja, ich bin mit Maria bei ihm gewesen. Nichts. Dunkel."

„Und. Seid ihr rein?"

„Ich bin Richter, Angelos, und kein Einbrecher!"

„Und wenn er gestürzt ist? Oder einen Schlaganfall hatte?"

„Daran hab ich gar nicht gedacht!"

„Ok, wir fahren zu ihm und brechen die Türe auf", sagte Angelos.

„Hoffentlich ist es blinder Alarm", antwortete Mantzaris und legte auf.

„Alex, auf, wir …

Doch Alex war neben ihm eingeschlafen.

Na warte, dachte Angelos und zog sich an.

Das Haus des Bürgermeisters lag in Tagoo. Als Angelos klingelte, reagierte niemand auf das Klingeln.

Er ging um das Haus herum und fand ein gekipptes Fenster. In weniger als dreißig Sekunden war er im Haus. Alles Idioten. Sie haben Alarmanlagen, schalten sie aber bei Hitze ab, damit sie Fenster und Türen öffnen können. Sie verlassen sich auf ihre Bewegungsmelder, aber das Thema hatten wir schon.

Angelos ging durch alle Räume, fand aber nichts, was auf den Verbleib des Bürgermeisters hindeutete. Keine Kopie von Reiseunterlagen, Koffer waren noch da.

Trotzdem befiel ihn ein ungutes Gefühl. Er ging ins Bad, zog die Handschuhe an und nahm Zahn- und Haarbürste und packte sie in eine Plastiktüte.

Dann fuhr er zum Flughafen und wies die Polizisten an, das Tütchen dem nächsten Flug nach Athen mitzugeben. Die Kollegen dort sollen damit sofort ins Labor fahren.

Zuhause rief Angelos den Richter an.

„Nichts. Ich habe DNA-Proben nach Athen schaffen lassen. Ich darf nicht daran denken, dass Christeas …"

„Nein. Das wäre furchtbar. Zumal sich dann die Frage auftut, wer denn in Zukunft hier regiert!"

Regiert?, dachte Angelos. Als wäre Mykonos ein selbständiges Land. Insulaner halt.

„Gut. Wir müssen ohnehin bis morgen warten. Wir sprechen dann morgen früh weiter!"

Angelos ging hoch ins Schlafzimmer und stellte sich den Wecker auf 3.00 Uhr und grinste in sich hinein. Als der Wecker schellte, ging ein Ruck durch Alex.

„Herrgott, warum läutet das Ding mitten in der Nacht?", knurrte Alex.

Angelos lächelte.

„Weil ich vorhin eine der Tabletten genommen habe! Rache ist süß!"
Und Alex sagte nur: „Oh Gott!"

30

Gott konnte Alex nicht helfen. Zuerst sah Angelos lauter knallbunte Farben, verspürte ein wärmendes Gefühl und wurde dann furchtbar geil.
Am nächsten Morgen war Alex ein Wrack.
Sein Versuch, aufzustehen, scheiterte unter heftigem Gelächter.
Nur breitbeinig und langsam schaffte er es ins Bad.
Später in der Küche knurrte Alex:
„Hol mir bitte ein großes Kissen, sonst kann ich nicht sitzen. Und wehe, ich höre auch nur ein Wort. Die Dinger kommen in den Giftschrank!"
Angelos lachte.

„Damit wären die Verhältnisse wieder zurecht-
gerückt!"
Der so friedliche, wenn auch für Alex schmerz-
hafte Morgen verwandelte sich innerhalb von
wenigen Minuten in einen Stress- und
Horrortag.
Angelos´ Handy brummte.
„Eftaxias!" Die Pathologie aus Athen.
Die DNA-Proben stimmten überein.
„Oh Gott. Danke, dass es so schnell ging!"
Angelos war wie gelähmt. Beide mochten
Christeas, sofern man einen Bürgermeister
mögen kann. Aber da selten etwas Besseres
nachkommt, war es eine schreckliche Nach-
richt. Auch Alex vergaß seine Schmerzen ob
der Neuigkeiten. Ein sexuell ausgerasteter
Ehemann ist doch etwas anderes als ein von
Schweinen verspeister Freund.
Beide saßen am Tisch und sagten zunächst
nichts.
„Erst die Tochter, dann die Frau, jetzt er
selber", durchbrach Angelos die Stille.
„Ich frage mich nach dem ‚Warum?' Ich
meine, jeder Bürgermeister hat Feinde, aber
so richtige Auseinandersetzungen gab es in
den letzten Jahren nicht", sagte Alex.

Wie jeden Morgen – oder besser Fast-Mittag – schaltete Angelos den Fernseher in der Küche an.

Ihn traf fast der Schlag, als er unten die ‚Breaking News' sah: BÜRGERMEISTER VON MYKONOS BRUTAL ERMORDET.

Wenigstens hielt man – noch – die Umstände zurück.

„Hat dieser Depp erst die Medien angerufen?", schimpfte Angelos.

„Eftaxias? Glaube ich nicht. Aber das alles artet aus."

„Und hängt zusammen. Ich kann dir nicht sagen, wie, aber das sind zu viele Ereignisse in kurzer Zeit", sagte Angelos.

„Glaubst du den Türken-Unsinn?", fragte Alex.

„Quatsch. Das kommt aus der ganz anderen Ecke. Denk an den ‚lauwarmen Kommissar'!"

„Wir müssen Mantzaris anrufen. Der hat es wahrscheinlich auch schon erfahren."

Ja, hatte er. Und er war ungehalten.

„Angelos, habt ihr die Medien informiert?"

„Nein. Das wäre das letzte, was wir tun würden!"

„Ihr müsst sofort zu mir kommen. Hier ist der Teufel los. Ich konnte noch nicht mal richtig darüber nachdenken, dass es Christeas nicht mehr gibt."

Ja, er wird uns fehlen. Sollte ihm ein Trottel folgen, hätten auch Alex und Angelos ein schwereres Leben, denn Christeas hatte vollstes Vertrauen in die beiden Kommissare und half ihnen in schwierigen Situationen.

Mantzaris´ Büro war ein Wespennest. Menschen gingen rein und raus und auch vor dem Gericht standen Menschengruppen, die diskutierten.

„Kaum durchzukommen, Richter!", sagte Angelos zu Mantzaris.
„Hallo, Angelos, hallo Alex. Einer der schlimmsten Tage meines Lebens. Bisher konnte ich wenigstens verhindern, dass die Todesumstände bekanntwerden, aber viel Hoffnung mache ich mir nicht. Ist halt eine Insel, auf der jeder jeden kennt. Gott sei Dank gibt es keine Hinterbliebenen!"
„Stimmt. Daran habe ich noch gar nicht gedacht. Wie soll man einer Ehefrau beibringen, dass ihr Mann von Schweinen …!"
„Danke, Angelos, ich will es nicht nochmal hören, sonst übergebe ich mich!"
„Wir haben mehrere Probleme. Zunächst fehlt uns ein Bürgermeister, denn Christeas´ Stellvertreter macht es nicht. Er hat schlicht Angst.

Der Gemeinderat will jetzt beschließen, dass bis zur Wahl ich das Amt übernehme", sagte Mantzaris.

„Super-Idee", antwortete Alex aufrichtig.

„Aber nur für die zwei Monate. Ich bin ja nicht verrückt."

„Und dann?"

„Dann übernimmt der Neue. Das Problem ist: außer dem Nazi Bakakis traut sich wahrscheinlich keiner. Und Bakakis wird die Angst noch schüren. Und dieser bescheuerte Radiosender hilft auch nicht gerade!"

„Radio Groß-Griechenland. Ein Witz. Das ist ein Widerspruch in sich", sagte Angelos lachend.

„Dir wird das Lachen noch vergehen, mein Freund", meinte Mantzaris und grinste.

„Warum?"

„Weil ich vor zehn Minuten ND* und Syriza* hier hatte. Und beide wollen einen gemeinsamen Kandidaten aufstellen!"

„Die sind sich doch spinnefeind", sagte Alex, noch immer nichtsahnend.

„Ja, aber beide wollen Angelos aufstellen!" Selten schauten beide, Alex und Angelos, so entsetzt aus, wie in diesem Moment.

„Jetzt tut nicht so. War doch klar nach deiner Leitung bei der Rettungsaktion."

„Das ist doch absurd. Ich bin nicht mal von hier!", sagte Angelos.

Alex war noch immer still. Mein Ehemann soll Bürgermeister werden? Natürlich würde er gewählt, egal für welche Partei, bei zweien erst recht. Er könnte auch für die Partei der islamischen Veganer und Tierschützer antreten. Wenn auch schwul, würden wohl alle Frauen plus wir Schwuchteln reichen, dachte Alex.

Aber allein bei dem Gedanken wurde ihm übel. Sie wollten doch ihre Ruhe. Bei jedem Furz würde ein Bürger an ihrer Türe klingeln. Nein, Angelos, bitte nicht. Aber Alex sagte nichts. Er war sich sicher: wenn ich ‚nein' sage, macht er es nicht!'

31

„Heißt das, du trägst dann beim Sex die Amtskette?", fragte Alex grinsend.

„Noch ein Wort über diese bescheuerte Idee und ich nehme zuhause ZWEI dieser Wunderpillen", knurrte Angelos.

„Das würde ich nicht überleben. Ohne Kissen kann ich wahrscheinlich noch Tage nicht sitzen!"

„Auf dem Grabstein macht sich ‚totgevögelt' als Inschrift doch gut", sagte Angelos lachend.

„Und du wanderst als erster Totvögler in den Knast!"

Auf der Heimfahrt machte Alex das Radio an. „Mal sehen, was heute für Tiraden aus Katari kommen!"

„Ach, Alex. Die kommen garantiert nicht aus Katari. Wer weiß denn schon, dass hier zwei schwule Kommissare am Werk sind? Und wo spielt sich denn alles ab? Hier! Die zwei Soldaten, das Schweine-Dinner. Zumindest werden die Texte hier verfasst!"

Könnte sein, dachte Alex. Und auf Angelos´ Instinkt war in der Regel Verlass.

„ … und nun sind wir schon so weit, dass ehrbare Bürgermeister wie Christeas abgeschlachtet werden. An die Schweine verfüttert. Schon an der Todesart kann man doch erkennen, dass die Täter nur Moslems sein können. Und wie wir aus Polizeikreisen erfahren haben – dort gibt es noch patriotische Kräfte – fand man am Tatort Fingerabdrücke, die Personen gehören, die für den türkischen Geheimdienst arbeiten. Das Morden hört nicht auf, solange wir Griechen nicht aufstehen und uns wehren. Auf die Polizei allgemein kann man nicht zählen. Schon gar nicht auf die zwei Sodomiten auf Mykonos, die – wie jeder weiß – ihre Hauptaufgabe darin sehen, sich selbst zu bespringen. Und eine Frage stellt sich mittlerweile auch: Warum war dieser Superheld Nikakis als erster am Unglücksort? Denken Sie mal darüber nach! Und den Bewohnern von Mykonos sage ich: es wird nun ein neuer Bürgermeister gewählt. Zeit, Flagge zu zeigen. Wählt den patriotischen Kandidaten. Einen, der sich gegen die türkische Aggression, gegen Korruption und Unmoral stellt!"

„Wir bespringen uns gegenseitig? Na, so ganz unrecht hat er nicht, wenn ich an die letzten Tage denke", sagte Angelos unaufgeregt.
Alex hingegen kochte.
„Alles erstunken und erlogen. Es gibt überhaupt keine Fingerabdrücke!"
„Das, lieber Alex, interessiert heute niemand mehr!"

Aber die Überraschungen nahmen noch kein Ende.
Das Handy brummte.
„Mantzaris. Zwei Punkte. Ich habe gerade einen Anruf vom EYP bekommen. Sie schicken einen Agenten. Ich habe denen gesagt, er soll zu euch kommen. Und dass ihr mein vollstes Vertrauen habt!"
„Ok. Der zweite Punkt?", fragte Angelos.
„Dieser verfluchte Sender hat auch übers Internet zu einer Großdemo aufgerufen. Übermorgen. Das endet in einem Fiasko. Die schicken bestimmt ihre Schläger."
„Richter, das machen wir doch ganz elegant. Wir sperren an dem betreffenden Morgen den Hafen und den Flughafen. Ausfall der Computersysteme. Dann können diese Idioten woanders demonstrieren!"
Stille.

„Die Idee ist gar nicht schlecht", antwortete Mantzaris.

„Das ist der Vorteil einer Insel. Wir müssen nur Janis im Hafen und den Flughafenchef zu absoluter Verschwiegenheit verdonnern."

„Was machen wir mit den Charterflügen? Die Hoteliers laufen Amok!", wand Mantzaris ein.

„Ach was. Charter lassen wir durch. Aus München oder Mailand kommen ja keine Chaoten. Nur aus Athen und Saloniki", sagte Angelos.

„Gott sei Dank haben wir dich. Und seid freundlich zu dem Geheimdienstmensch. Obwohl, ich bin mir sicher, dass das gut funktionieren wird!"

„Wieso?", fragte Angelos.

„Weil ich extra um einen schwulen Mitarbeiter gebeten habe!", sagte Mantzaris lachend.

„Ich bezweifle, dass Alex davon begeistert ist", knurrte Angelos.

„Von was bin ich nicht begeistert?"

32

Junta-1 tobte in seiner Kommandozentrale.
Noch vor zehn Minuten schien alles perfekt zu
laufen. Er hatte alle Aktivisten von Xanthi bis
Kreta informiert, dass sie zur Großdemo nach
Mykonos kommen sollen. Bezahlt würde alles
aus dem Fonds. Auch Patriotismus braucht
seine Anreize, dachte Junta-1.
Landesweite Aufmerksamkeit wäre ihnen
sicher gewesen. Natürlich hätte die Demo an
dem berüchtigten Schweinestall begonnen
und dann in die Stadt geführt. Perfekte
Kulissen.
Und für den anstehenden Wahlkampf wäre es
ein gelungener Anfang. Gut, Mykonos ist nicht
Griechenland, aber international bekannt. In
der angespannten Lage ein Zeichen an alle,
die ihr Vaterland lieben.
Doch drei Telefonate hatten ihm die Laune
verhagelt. Zunächst hatte er erfahren, dass
die etablierten Parteien sich auf einen
gemeinsamen Kandidaten geeinigt hatten.
Der Plan sah eigentlich vor, alle anderen
Kandidaten zum Verzicht „zu bewegen", so
wie es schon bei Christeas´ Stellvertreter
funktioniert hatte.

Nun hatte man ihm erzählt, dass Syriza und ND diesen schwulen Kommissar aufstellen wollen. Ein Alptraum, denn der ist ziemlich populär. Und ein ernstzunehmender Gegner.

Seine Leute im Hafen hatten ihn informiert, dass am Tag der Demo die ankommenden Fähren umgeleitet würden. Zehn Minuten später die gleiche Nachricht vom Flughafen. Keine Maschinen aus Athen oder Saloniki. Damit hatte ihn Nikakis komplett ausgebremst. Chartermaschinen aus anderen Destinationen wären zu teuer. Und er müsste seine Leute alle erstmal nach Belgrad oder Sofia schaffen. Käme man ihm auf die Schliche, würden auch diesen Flügen die Landerechte verweigert.

Junta-1 hatte lange überlegt, wie er diese Blockade umgehen könnte. Aber andere Möglichkeiten nach Mykonos zu kommen, gab es nicht.

Damit fällt ein wichtiges Medienereignis aus, das aber unverzichtbar war.

Ich hasse diesen Hinterlader, dachte Junta-1. Es würde ein Riesenaufstand werden, aber Nikakis musste weg.

Als Kommissar und als potentieller Gegen-kandidat. Wir müssen nur eine Spur legen, am besten nach Ankara, damit der Mord noch einen dritten positiven Effekt haben würde. Ein griechischer Kommissar, der von Türken ermordet wird, weil er ihnen auf die Spur gekommen war. Der Gedanke gefiel Junta-1 immer mehr.

Einziger Nachteil: Nikakis´ Ehemann würde keine Ruhe geben, bis man die Täter gefunden hat. Er war seinem Mann so verfallen, dass er Amok laufen würde.

Aber vielleicht wählt er den Suizid? Oder wir schicken ihn auf eine Schnitzeljagd nach Ankara.

Gut, dann soll es so sein.

Er griff zu seinem Handy und baute eine neue SIM-Karte ein.

„Junta-1. Merkur? Komm in die Zentrale. Es gibt Arbeit!"

33

Zuhause in Ornos ging Angelos direkt zur Espresso-Maschine und danach mit der Tasse vor die Türe. Er setzte sich auf die Stufen und schaute zu den Kite-Surfern hinüber.

Angelos´ Denk-Ritual, dachte Alex.

Stören nicht zu empfehlen. Er kannte seinen Mann.

Ich hoffe nur nicht, dass er ernsthaft in Erwägung zieht, Bürgermeister zu werden. Alles, nur das nicht!

Alex hielt es doch nicht aus und öffnete das Fenster.

„Darf ich dich stören?"

„Du bist mein Mann, du darfst mich immer stören. Außer du hast eine dieser Horror-Pillen eingeworfen", antwortete Angelos.

Das klingt gut, dachte Alex.

Er ging hinaus und setzte sich neben Angelos.

„Und was hast du nun beschlossen?", fragte Alex. Angelos schaute ihn grimmig an.

„Habe ich schon jemals irgendetwas beschlossen, ohne dich zu fragen?", antwortete Angelos.

Mist. Wieder einmal der vollkommen falsche Text. Wieso rede ich mitunter so einen Mist? fragte sich Alex.

„Kein einziges Mal. Das war vollkommen daneben. Synchorete me, Angelos mou!" Verzeih mir, mein Engel.

„Ist schon gut. Ich kenne dich ja", sagte Angelos und lächelte sein unwiderstehliches Lächeln. Diese fast schwarzen Augen, in denen man sich komplett verliert. Das Ganze auf einem Wahlplakat und die Wahl ist gelaufen, dachte Alex.

„Ich weiß, was du sagen willst. Wir wollten und wollen unsere Ruhe. Und ich will Zeit haben für dich. Du hast ein Recht auf mich. Und ich würde keinen Tag ohne dich aushalten. An die drei Tage, als du in Saloniki warst (MC7), will ich mich gar nicht erinnern. Ich war regelrecht krank!", sagte Angelos.

Wieso trifft er immer die richtigen Worte, während ich immer patze?, fragte sich Alex.

„Ich sage meist das Richtige, weil ich von dir Empathie gelernt habe. Und endlich einem Menschen vertrauen kann."

„Kannst du Gedanken lesen?", fragte Alex verblüfft.

„Nein, aber dein Gesicht ist ein offenes Buch oder besser: ein offenes Regal!" Er lachte.

„Aber lass uns über dieses vergiftete Angebot sprechen!"

Das fängt gut an. Er will nicht.

„Deine Argumente kenne ich alle, weil ich *dich* kenne. Und sie sind alle berechtigt und wichtig, weil du mitbetroffen wärst!"
Falsche Richtung. Zu früh gefreut.
„Aber tragen wir nicht auch Verantwortung für andere? Reicht es, wenn wir nur an uns denken? Dann hätte ich bei dem Fährunglück zuhause bleiben können!"
„Und ich hätte nicht mein Leben riskieren müssen. Von dem Neoprenanzug ganz zu schweigen!"
Alex wollte die Diskussion etwas entschärfen.
„Also. Ich habe beschlossen – und zwar ganz alleine und auch im Wissen, dass ich es bereuen werde: du entscheidest alleine und ich unterstütze dich. Mein Mann braucht Herausforderungen, sonst ist er unglücklich. Richtig?"
Angelos stiegen Tränen in die Augen.
„Das sieht so aus, als wäre mein Mann zufrieden mit mir", sagte Alex und nahm Angelos in den Arm.
„Ich denke, ich mache es. Aber ganz anders als sich das die Herren vorstellen", antwortete Angelos.
„Das ist mir klar." Und beide lachten.

34

Angelos Handy brummte.

„Silva."

„André? Seit wann rufst du bei mir an und nicht bei Alex?"

„Ich denke, wir haben Frieden geschlossen?", sagte André.

„Haben wir auch. Wie ging´s dir nach der Pille?", fragte Angelos.

„Frage nicht. Ich hatte noch bis zum folgenden Abend eine Erektion. Teufelszeug!"

„Ja. Ich glaube, Alex hat einmal auch gereicht. Er konnte am nächsten Tag nicht mehr laufen", sagte Angelos lachend.

„Du Glücklicher", antwortete André.

„Also, was hast du für uns?"

„Ja, äh, die Analyse des Mageninhalts ergab eine Vergiftung durch Nikotin. Eine tödliche Dosis. Ich frage mich nur, wer Tabak aufkocht, um Nikotin zu gewinnen?"

„André. Das muss man nicht. Nikotin wird als Pflanzenschutzmittel eingesetzt und ist in jedem Baumarkt erhältlich. Und seitdem es E-Zigaretten gibt, bekommt man es auch überall dort, wo Tabak verkauft wird. Eine Vergiftung durch Nikotin ist auch nicht selten. Wir hatten selber schon einen solchen Fall.

Nikotin ist vollkommen geruchs- und geschmacksneutral. Das ideale Gift."

„Oh. Du willst mir also sagen, ich habe noch viel zu lernen!"

„Woher sollst du denn so etwas wissen? Ich weiß es auch nur aus Erfahrung. Am Anfang meiner Kommissarslaufbahn kannte ich mich mit Vergiftungen überhaupt nicht aus. Aber das ist nicht schlimm. Wichtig ist, dass du die Vergiftung diagnostiziert hast. Das hilft uns sehr weiter. Ehrlich!", sagte Angelos.

„Zufrieden mit mir?", fragte er anschließend Alex.

„Sehr. Das war nicht herablassend oder belehrend. Wir müssen doch mit ihm arbeiten", antwortete Alex.

„Zumindest war Christeas schon tot, bevor er gefressen wurde. Dann verschwindet wenigstens dieses Bild aus meinem Kopf", sagte Angelos.

Stimmt, dachte Alex. Immer wieder hatte auch er das Bild vor sich, wie ein gefesselter Christeas bei lebendigem Leib verspeist wurde.

„Gut. Immerhin. Das Nikotin kann man sich im Internet beschaffen. Allerdings wird dadurch der Verkauf und die Zahlung dokumentiert. So blöd wird ein Mörder nicht sein. Baumärkte

gibt es hier nicht. Bleiben die Tabakverkaufs-
stellen, die E-Zigaretten anbieten. Zehn
werden es mindestens sein. Und wenn sich der
Täter das Gift schon lange vorher besorgt hat,
müssten wir Kameraaufnahmen von mehreren
Wochen ansehen", sagte Alex.
„Alles richtig. Aber er brauchte eine größere
Menge als eine Einzeldosis für E-Zigaretten. In
einem Laden würde das auffallen. Ich denke,
der Mörder hat die Menge in verschiedenen
Geschäften gekauft. Was bedeutet …"
„ … dass wir nur schauen müssen, wer
mehrmals auf den CDs verschiedener Läden
auftaucht", ergänzte Alex.
„Ich sage doch immer: als Team sind wir gut.
Aber hinter der These steht ein großes Frage-
zeichen. Wenn der Täter das Gift in Athen
gekauft und bar bezahlt hat, schauen wir in
die Röhre. Aber gut. Gehen wir davon aus,
dass es so war, wie wir meinen: machen wir
eine Liste der Verkaufsstellen und holen uns
dann die CDs", sagte Angelos.
„Das werden wieder kurze Nächte", knurrte
Alex.

35

Alex telefonierte noch mit den Tabakhänd-
lern, als es an der Tür schellte.
Angelos öffnete und da stand er.
Christos vom Geheimdienst. 1,80 groß,
schwarze Haare, grüne Augen und noch
muskulöser als Angelos.
„Alex! Vorsicht, Stotteralarm!"
„Dann bleib ich in der Küche", rief der zurück.
„Nichts für ungut. Ein kleiner Running Gag. Du
musst Christos sein", begrüßte er den EYP-
Mann.
Alex kam nun doch aus der Küche – und
hatte tatsächlich Sprachblockade. Angelos
grinste. Er kannte Alex´ Reaktion auf attraktive
Männer. Bei ihrem eigenen Kennenlernen
stotterte Alex wie ein Geisteskranker, brachte
kaum seinen eigenen Namen heraus.
„Sorry, Christos. Das ist Alex, mein Gatte. Er
fängt erst später an zu sprechen. Er bekommt
eine Lähmung beim Anblick von schönen
Männern!"
„Idiot", knurrte Alex.
„Na, dann erstmal danke für die Blumen. Ich
sehe schon, dass wird einfacher als mit
Heteros", meinte Christos.

Da hingegen war sich Angelos nicht sicher.
„Ok. Ihr wisst, dass der EYP dem Militär
untersteht. In diesem Fall von Vorteil, weil
unter den Opfern auch Soldaten waren.
Es gibt keine Überschneidungen, ist also eine
Angelegenheit, die wir drei zusammen lösen
können, aber auch müssen. Machen wir uns
nichts vor. Die Kacke ist richtig am Dampfen.
Es wären eigentlich nur drei besonders ekel-
hafte Morde, aber das Ganze ist politisch ein
heißes Eisen. Geschürt von bestimmten
Kreisen von rechts. Und diesem unerträglichen
Radiosender!"
„Radio Groß-Griechenland aus Katari", war
Alex´ erster Beitrag, ohne Stottern.
„Na ja. Das mit Katari kannst du vergessen.
Der Internetteil läuft über vier Server, die
teilweise in Indonesien sitzen. Das terrestrische
Signal wird lediglich über eine Antenne in
Katari verbreitet, gespeist aber auch über das
Internet. Allerdings haben die Herrschaften
einmal – offensichtlich in Eile – ein Programm
direkt übertragen. *Der Server* …
„… steht hier, aber zur IP-Adresse ging es nicht
weiter. Richtig?", ergänzte Angelos.
Christos nickte.
„Du hattest also Recht", sagte Alex.

„Ich hatte es nur vermutet. Da waren zu viele örtliche Bezüge im Text", antwortete Angelos. „Heißt: einer – zumindest einer - der Protagonisten sitzt hier. Mindestens einer der Morde ist hier geschehen, wenn nicht alle!"

„Aber es heißt doch überall, die zwei Soldaten seien auf Ahothenisi gekidnappt worden!", wand Alex ein.

„Komisch ist nur, dass sämtliche Fahrbefehle dieses Tages verschwunden sind. Für alle Schiffe der Marine", sagte Christos.

„Also steckt auch das Hauptquartier der Marine mit drin. Zumindest hochrangige Offiziere", antwortete Angelos.

„Ja, aber es gibt keinerlei Beweise", meinte Christos zerknirscht.

„Wir haben vielleicht einen vagen Ansatz", sagte Alex und erklärte Christos die Nikotin-Geschichte. „Aber das Überprüfen aller Bilder dauert ewig!"

„Wenn die Aufnahmen gut sind, geht vielleicht das Gesichtserkennungsprogramm", schlug Christos vor.

„Haben wir nicht", stellte Angelos fest.

„Noch nicht", antwortete Christos mit einem Lächeln.

36

„Mein Chef hat mit deinem früheren Vorgesetzten in Saloniki gesprochen, Angelos. Und
der meinte, du seist der beste Kommissar
gewesen, den er je hatte. Und der Richter hier
hat Ähnliches über dich gesagt, Alex."
Gott sei Dank, dachte Angelos, sonst hätte
sich Alex wieder klein gefühlt – zu Unrecht.
„Also hat mein Chef beschlossen, euch alle
Hilfe zu gewähren, die ihr braucht. Die Lor-
beeren sind aber nicht der einzige Grund.
Ihr seid weder Angehörige der Polizei noch
des Geheimdienstes, also nicht offiziell tätig."
„Aha. Bedeutet: wenn wir auf die Schnauze
fliegen, stehen wir alleine da", sagte Angelos.
Christos lachte.
„Keine Sorge. Ich bin ja auch noch da. Und
ich bin kein Greenhorn! Aber der Umstand,
dass ihr keine Polizisten oder Agenten seid,
heißt: ihr seid überall einsetzbar!"
„Zum Beispiel in der Türkei", vermutete
Angelos.
Christos lächelte.
„Spinnt Athen jetzt ganz? Wenn wir nach
Ankara gehen, landen wir im Folterkeller des

MIT*", protestierte Alex. (*türkischer Geheimdienst)

„So weit sind wir erstens noch nicht und zweitens denkt keiner an Ankara", erwiderte Christos.

„Aber es soll auch euch etwas bringen. Mein Chef hat zugestimmt, dass ihr einen Zugang zu allen Polizeidatenbänken bekommt. Und auf manche unserer Files ebenfalls. Geräte habe ich mit und die Software spiele ich heute Abend oder Nacht auf. Das sollte euch auch bei der normalen Polizeiarbeit helfen!" Angelos strahlte. Das war der Traum jedes Kriminalen.

„Super! Dafür gehe ich auch nach Ankara", witzelte er.

„Ganz super. Erst wird mein Mann Bürgermeister und dann vom MIT kastriert! Wirklich großartig!", knurrte Alex.

„Denkt er immer so positiv?", fragte Christos.

„Ach, hinter der knorrigen Fassade verbirgt sich der liebenswerteste Mensch der Welt", sagte Angelos und ein richtiger Ruck ging durch Alex. Öffentliche Komplimente vermied Angelos, bis ihn Alex bat, Anderen zu zeigen und zu sagen, dass er glücklich verheiratet ist.

„Wow. Ich wollte, mein nicht vorhandener Mann spricht in Zukunft auch mal so über mich!"

Stille.

„Nun, ihr fragt euch bestimmt, warum mein Chef beschlossen hat, euch einzubeziehen", fuhr Christos fort.

„Könnte es sein, dass es eher ‚benutzen' heißen sollte?", fragte Alex.

Christos lachte.

„Das eine schließt das andere nicht aus! Aber es geht tatsächlich um Krieg und Frieden. Wir WISSEN, dass hinter all dem nicht die Türken stehen. Deren Finanzlage ist noch schlimmer als unsere!"

„Geht das überhaupt?", fragte Angelos und grinste.

„Ja, das geht. Einen Krieg wollen sie nicht, außer es bleibt ihnen durch den innenpolitischen Druck nichts anderes übrig. Nicht viel anders schaut es in Athen aus. Manche Politiker schüren die Stimmung und hetzen, um von ihren eigenen Fehlern abzulenken und um die linke Regierung zu stürzen!"

„Und morden dafür?", fragte Alex.

„Lassen morden. Alles wird von außen gesteuert. Und die Palette ist groß. Es könnten die Amerikaner sein, die Russen, selbst die

Chinesen sind nicht ganz auszuschließen. Es muss uns gelingen, diese Leute kaltzustellen und handfeste Beweise zu finden, die dann auch Internetblogger nicht ignorieren können. Ausgenommen diejenigen, die ohnehin in ihrer eigenen Welt leben!"

„Wie reden also von einer Verschwörung von einigen rechten Politikern, dazu kommen noch hohe Offiziere der Marine und all das gesteuert vom Ausland", stellte Alex fest.

„So jedenfalls sieht es aus!"

„Aber wie passt der Mord am Bürgermeister in dieses Schema? Das ist doch eine lokale Angelegenheit! Das Teil des Puzzles lässt sich nicht einbauen."

„Doch, Alex. Was sind die drei bekanntesten Städte Griechenlands, weltweit gesehen? Athen, Saloniki und Mykonos. Die Einwohnerzahl spielt da keine Rolle. Kommen hier die Rechten an die Macht, ist das ein Signal. Und der Aufwand ist für 20.000 Einwohner gering", sagte Angelos.

„Und das zu verhindern ist der einzige Grund für deine Kandidatur", antwortete Alex.

„Du gegen eine Bande brutaler Faschisten! Na super!"

„Ich bin doch nicht allein. Du hast gesagt, du unterstützt mich. Gilt das noch?"

„Habe ich schon einmal ein Versprechen gebrochen?", fragte Alex.

Angelos lächelte.

„Nein. Nie!"

„Das ist mutig, Angelos. Ich habe nämlich auch eine ganz schlechte Nachricht. Du stehst auf einer Abschussliste. Wir haben am Flughafen in Athen einen Mann identifiziert, dank der Gesichtserkennung, der als Auftragskiller gilt. Wir haben den Mann natürlich beschatten lassen und er hat ein Fährticket nach Mykonos gekauft. Für morgen früh. Wir hatten ihn schon vor zwei Wochen am Airport Saloniki erfasst, allerdings bei der Ausreise.

Zeitlich würde es hinkommen, was die beiden Soldaten angeht. Jedenfalls stellt sich die Frage, was ein Auftragskiller auf Mykonos will", sagte Christos.

„Meinen Mann erschießen, was sonst?", brüllte Alex. „Vergesst es. Bitte Angelos, lass es. Gegen einen Profikiller sind wir chancenlos. Ich flehe dich an, nur einmal nicht deinem Adrenalinspiegel zu folgen. Du hast nach dem Fährunglück etwas versprochen!"

Angelos ging nach draußen und setzte sich auf die Stufen.

Alex war zufrieden, dass er ihn wenigstens zum Überlegen gebracht hat.
Aber: es würde nichts ändern.

37

„Ok, Alex. Ich verstehe deine Einwände. Ich will mich ja auch nicht wegpusten lassen. Irgendwelche Wahlkampfauftritte hatte ich ohnehin nicht vor. Wir machen alles übers Internet. Die Leute kennen mich. Die brauchen keine Reden. Sie wählen mich? Gut. Sie wählen mich nicht? Auch gut. Aber wir müssen die Rechten stoppen. Und jeder muss das tun, was er kann. Ein Fascho als Bürgermeister von Mykonos? Willst du das, Alex?"
Alex verdrehte die Augen und knurrte.
„Der Retter der Welt", brummte er.
„Den du zurecht liebst, weil er schön und klug ist", antwortete Angelos.
Schon musste Alex lachen.
„Die Fähre darf doch morgen gar nicht anlanden", sagte er noch.

„Stimmt. Aber das verschafft uns nur ein paar Stunden Luft.

„Könnt ihr ihn nicht in Piräus festnehmen?", fragte Alex.

„Mit welcher Begründung?", entgegnete Christos.

„Ach so. Angelos muss erst erschossen werden, damit man den Killer verhaften kann!" Alex schnaubte.

„Ganz dumm sind wir auch nicht. Mit ihm gehen zwei Agenten an Bord. Geplant ist, dass sie ihm einen Minisender verpassen", sagte Christos gereizt.

„Der Mann ist Profi!", brüllte Alex.

„Darf ich jetzt auch mal was sagen?", fragte Angelos.

„Vielen Dank. Mit dem Sender wissen wir immer, wo er ist. Wir können das Signal doch hier direkt empfangen?"

Christos nickte.

„Aber wir wissen nicht, ob er als Scharfschütze aus Entfernung schießt oder Angelos aus der Nähe töten will!" Alex ließ nicht locker.

„Gut. Diskutiert das aus. Ich hole jetzt die Geräte und kümmere mich um die Zugänge. Wo kann ich es aufbauen?", fragte Christos.

„In der Küche, oder, Alex?", fragte Angelos.

Alex nickte. Christos trug derweil Kisten ins Haus.

„Ich habe noch ein paar Extras dabei. Nachtsichtgeräte, drei Glocks ...", sagte Christos.

„Die wir behalten dürfen?", fragte Angelos lächelnd.

„Ich glaube, ich vergesse sie, wenn ich gehe", antwortete Christos.

„Du bist mein Mann", meinte Angelos ohne Nachdenken.

„Ich dachte immer, das bin ich", knurrte Alex.

Angelos verdrehte die Augen.

„Äh, dann bräuchte ich noch ein Hotel in der Nähe", sagte Christos.

„Kommt nicht infrage. Wir haben ein Gästezimmer. So geht auch weniger Zeit verloren!"

„Wenn dein Mann nichts dagegen hat?", fragte Christos.

Alex schüttelte den Kopf.

„Es gibt nur zwei Regeln. Gäste laufen nicht nackt oder in Unterhosen durch das Haus. Und schlüpfen nicht zu uns ins Bett!"

Christos lachte.

„Schade eigentlich!"

38

Ankara

Mehmet Serdar verließ den Präsidentenpalast und kochte. Sein Fahrer erkannte an dem roten Kopf, dass der Chef kurz vor der Explosion stand.

Schade, dass der Putsch danebenging. Dann wäre man endlich diesen Idioten los, dachte Serdar. Hält sich für den Pascha.

Der Pascha hatte ihn zwanzig Minuten lang angebrüllt.

„Steckt ihr hinter dem ganzen Mist? Wenn ja, verbringt ihr die nächsten dreißig Jahre in Diyarbakir! Ich habe andere Sorgen als mich mit den Griechen herumzuschlagen!"

Glaube ich gerne, dachte Serdar. Die Wirtschaft kollabiert, die Inflation liegt bei 30 Prozent. Es rumort.

„Habt ihr die zwei Soldaten ermordet? Und wehe, du lügst mich an!"

„Exzellenz, warum sollten wir das tun?", fragte Serdar.

Weil du ein ehrgeiziges Arschloch bist und mit deinen Offizierskollegen konspirierst. Der Putsch wäre ohne deine Hilfe überhaupt nicht

passiert. Ein Putsch ohne Geheimdienst?
Undenkbar, dachte der Präsident.

„Du weißt genau, dass bei uns die Volksseele kocht wegen der Anschuldigungen aus Athen. Wenn es noch heftiger wird, muss ich reagieren. Ob die Vorwürfe zutreffen oder nicht, spielt überhaupt keine Rolle!"
Der Präsident schnaubte.

„Ich befehle dir, dich ausschließlich mit dieser Sache zu beschäftigen. Und sie aufzuklären. Sollte jemand von uns darin verwickelt sein, will ich wissen, wer. Zur Not nimmst du Verbindung mit deinen Kollegen in Athen auf!"

„Der Chef des türkischen Geheimdienstes soll mit dem griechischen Geheimdienst sprechen?"

„Spreche ich Chinesisch?", brüllte seine Exzellenz.

Ich soll mit Athen zusammenarbeiten?
Nur über meine Leiche, dachte Serdar.
Aber: tue ich es nicht, werde ich tatsächlich zur Leiche!
Die Welt ist aus den Fugen.

39

„Ok. Der Attentäter macht uns keine Schwie-
rigkeiten. Die Fähre wurde weitergeschickt",
sagte Christos.

„Was uns ein paar Stunden bringt", knurrte
Alex.

„Nein. Denn in ein paar Stunden sind wir in
Izmir und treffen uns mit einem Kollegen vom
MIT!"

Alex stutzte.

„Kollege vom MIT? Ihr sprecht miteinander?
Und außerdem heißt das immer noch
Smyrna!", sagte er.

„Alex, du redest schon so wie die Rechten. Es
heißt schon seit hundert Jahren nicht mehr
Smyrna. Ob es uns passt oder nicht",
antwortete Angelos. „Ich bin lieber in Izmir, als
mich hier erschießen zu lassen. Sollte auch
dein Anliegen sein!"

„Natürlich. Verzeih. Hoffentlich sperren sie uns
wenigstens gemeinsam in eine Zelle!"

„Sie werden uns nichts tun. Zumal ihr keine
offizielle Funktion habt", sagte Christos.

„Heißt: passiert etwas, kennt uns Athen nicht
oder täusche ich mich da?", brummte Alex.

„Ist dein Mann immer so misstrauisch, Angelos?"

„Nur wenn es angebracht ist. Aber wie schon gesagt. Izmir ist spannender als sich hier zu verkriechen!"

Was mir viel lieber wäre, dachte Alex.

„Auch wenn dir das lieber wäre", sagte Angelos.

„Woher weißt du immer, was ich denke?"

„Wie war das mit dem offenen Buchregal?" Angelos lachte.

„Ich muss aber vorher noch zu Mantzaris und über die Wahl sprechen. Die Frist läuft heute ab und wenn er nicht mitspielt, trete ich nicht an!"

Angelos schaute Alex an.

„Und du rufst ihn nicht an und bittest ihn, sich querzustellen!"

Mist. Wie gut er mich doch kennt.

40

Junta-1 blickte hinunter auf die Bucht von Panormos. Aber die traumhafte Kulisse erreichte ihn nicht.

Er war voller Zorn, denn er hatte einige unangenehme Telefonate hinter sich. Egal, ob Washington oder Athen. Überall waren seine Geldgeber verschnupft – um es vorsichtig zu formulieren. Und das war alarmierend.

Junta-1 hatte ein großes Ziel. Einen führenden Posten im „neuen" Griechenland. Ehrgeiz, Patriotismus alter Schule und Hass waren der Motor. Hass auf die Linken und Liberale. Für ihn war die Militärdiktatur* die goldene Zeit Griechenlands (*1967-74).

Leute, die sich nicht anpassen wollten – Kommunisten, Freidenker und Sodomiten – alle wurden damals nach Gyaros deportiert. Auf der kahlen, an sich unbewohnten Insel sind sie dann verreckt. Mehr als 1.500 Volksverräter. Nun, dieses Mal würden es mehr werden. Allein auf Mykonos müsste man über 1000 Sodomiten entfernen. Haufenweise würde man Häuser und Grundstücke erwerben können – zu einem Spottpreis, wenn man es vorher wusste.

Die entsprechende Liste war schon angefertigt. Ganz oben standen die zwei Nikakis´ und der linke Richter Mantzaris.

Aber langsam. Zuerst muss ich die aktuellen Probleme lösen.

Drei Rückschläge musste er hinnehmen:

Der Scharfschütze kam nicht, denn der Hafen war gesperrt. Und es würde dauern, ihn nach Mykonos zu schaffen. Dann würde er mit dem schwulen Kommissar einen Gegenkandidaten bekommen. Und: die Großdemo fiel durch die Blockade aus. Wieder geriet sein Blut in Wallung. Die Medien hätten landesweit darüber berichtet und er wäre der Hauptredner gewesen. Zu einem der führenden Köpfe geworden.

Aber jammern hilft nichts, dachte er.

Nikakis beseitigen, die Wahl gewinnen und dann die Demo nachholen. Man muss sich in Krisen flexibel zeigen.

Danach würde es den finalen Knall in Athen geben. Mittendrin. Im Hauptbahnhof.

Getroffen werden Griechen aus allen Landesteilen – die Empörung wird also ganz Hellas erfassen.

41

Es war ein ungewohntes Bild. Richter Mantzaris
in Anzug auf dem Stuhl des Bürgermeisters.
Angelos kannte ihn nur in Robe.
„Na, wie fühlt man sich als Bürgermeister,
Richter?"
Mantzaris brummte nur. Angelos lachte.
„Kein Traumjob!", sagte der Richter, der
kommissarisch das Amt übernommen hatte.
„Aber das wirst du in Kürze am eigenen Leib
erfahren!"
Mantzaris grinste.
„Nun mal langsam. Erst muss ich gewählt
werden", antwortete Angelos.
Nun lachte der Richter.
„Frauen plus Schwule ergeben locker 60
Prozent. Und das weißt du!"
„Richter, ich trete an. Aber nur, wenn du
mitspielst. Du müsstest in Kürze als Richter in
Rente und verzeih´, wenn ich falsch liege, ich
glaube, zuhause fällt dir das Dach auf den
Kopf. Oder es besteht die Gefahr, dass du
deine Frau erschlägst. Deswegen dachte ich,
dass ich für zwei Jahre im Amt bleibe und
dann wieder Privatier werde. Mehr kann ich
Alex nicht zumuten. Ich würde dann an dich

übergeben. Mit dir als Nachfolger könnte ich beruhigt gehen!"

Mantzaris schaute nachdenklich.

„Angelos, du scheinst mich gut zu kennen!"

„Es ist ja auch so, dass ich eine Vertretung brauche, wenn ich ermitteln muss. Das werde ich nicht aufgeben!"

„Lass es mich überdenken!"

„Natürlich. Du hast zwei Stunden Zeit, dann ist die Anmeldefrist verstrichen", meinte Angelos grinsend.

„Hätte der zukünftige Bürgermeister die Güte, mir zu sagen, was sein Programm ist?", fragte Mantzaris.

„Klar. Jedes Hotel muss an der Reception und vor dem Eingang Kameras anbringen. Die Herren kassieren und kümmern sich nicht um die Sicherheit der Gäste. An der Promenade und im Zentrum brauchen wir auch Kameras. Und im Hafen mindestens zehn. Wenn wir kein Geld für Personal haben, bleiben nur Kameras. Der Hafen ist ein unkontrolliertes Einfallstor für alles Mögliche."

„George Orwell lässt grüßen!"

„Es kommt immer auf den Charakter desjenigen an, der die Bilder kontrolliert. Oder vertraust du mir und Alex nicht?", fragte Angelos.

„Aber natürlich. Und du hast recht. Keiner der letzten Fälle hätte ohne Kameras gelöst werden können. Wir waren immer auf private Anlagen angewiesen!"

„So ist es", sagte Angelos.

„Und dann will ich die Zahl der Kreuzfahrt- schiffe auf drei pro Woche begrenzen."

„Um Gottes Willen. Das gibt einen Aufstand. Außerdem ist das ein enormer Verlust!"

„Aber warum? Wir machen eine Auktion für die Lizenzen. Das bringt vielleicht sogar mehr Geld. Wo sollen sie denn sonst hin? Santorini wird uns folgen. Bei denen ist es noch schlimmer", sagte Angelos.

„Und dann kassieren wir von jedem Über- nachtungsgast pauschal einen Euro, macht drei Millionen. Davon können wir die Umge- hungsstraße erneuern, sonst verschwindet bald ein ganzes Auto in einem Schlagloch! Auf Geld aus Athen brauchen wir nicht warten. Wenn das alles erledigt ist, räume ich meinen Stuhl!"

„Eine Kurtaxe. Die Hoteliers laufen Amok!", wand Richter Mantzaris ein.

„Zahlen ja die Gäste. Ein einziger Euro, ich bitte dich. Zuerst dachte ich, wir sollten wie in Key West eine komplette Umgehung ins Meer bauen, vom Hafen bis Kalafati, aber das wäre vielleicht etwas übertrieben!"

Mantzaris sah ihn an, als wäre er nicht ganz bei Trost.

„Ich glaube, du kannst zufrieden sein, wenn du die Hälfte schaffst."

„Ich denke, bei zwei Kommissaren wird es kein verschwundenes Material oder fingierte Rechnungen geben", behauptete Angelos.

„Das könnte tatsächlich hilfreich sein. Also gut, ich bin dabei!"

„Super, Richter. Dann auf gute Zusammenarbeit, wenn alles funktioniert. So und jetzt muss ich in die Türkei", sagte Angelos.

„Wie bitte?" Mantzaris schaute entsetzt.

„Ja, ein Treffen mit dem türkischen Geheimdienst!"

„Ein griechischer Kommissar in der Türkei? Die Welt ist aus den Fugen!"

Richter Mantzaris schüttelte den Kopf.

42

Am Flughafen warteten Christos und Alex schon. Der Hubschrauber stand bereit. Angelos hatte darauf bestanden, auf Agathonisi zwischenzulanden. Auf der Insel, von der die zwei griechischen Soldaten verschwunden waren.

Und das war nicht so einfach, denn die Insel war klein und voller Felsen. Ein Landeplatz war schwierig zu finden. Als sie hart auf einem großen Felsen gelandet waren, atmete Alex auf.

„Da ist ein Mini-Kai", rief Angelos begeistert.

„Ja und?", fragte Alex.

„Ich kenne niemand, der sich auf einem Pier nicht am Geländer festhält, schon gar nicht, wenn er schmal ist. Und wenn du dich festhältst, sind deine Fingerabdrücke unten und verschwinden nicht so schnell. Und geregnet hat es hier seit Monaten nicht!"

„Eher Jahre", sagte Alex. „Das ist der Gipfel der Trostlosigkeit. Könnte man den Türken schenken!"

„Christos, haben wir eine UV-Lampe dabei? Und Abdruckstreifen?", fragte Angelos.

„Klar. Das ganze Spusi-Programm!"

Und so untersuchte Angelos die Unterseite des Geländers. Problematisch, weil: durch die Korrosion waren immer nur Fragmente sichtbar. Doch an einer Stelle glaubte, er einen vollständigen Abdruck zu haben.

„Folie, bitte!"

Da brummte Christos´ Handy.

Hier hat man Empfang?, fragte sich Alex, sah aber dann, dass das türkische Ufer zum Greifen nahe liegt.

Christos grinste.

„Wir haben einen Treffer bei der Gesichts-erkennung. In den Tabakläden.

Drei Mal dieselbe Person, die ansonsten noch nie Zigaretten oder Ähnliches dort gekauft hat. Die Kollegen haben alle durchtelefoniert! Immer drei kleine Fläschchen Nikotin.

Insgesamt eine tödliche Dosis!"

„Und wer ist es, zum Kuckuck?", fragte Alex ungehalten.

„Ist dein Mann immer so ungeduldig?"

„Ja. Und in diesem Fall zu Recht!", knurrte Angelos.

„Der Name ist Konstantinos Bakakis, vorbestraft wegen Körperverletzung!"

Alex und Angelos starrten sich fassungslos an.

„Mein Gegenkandidat?"

43

„Bakakis? Der hat einen Riesenkasten in Panormos. Und ist seit Jahren das Megafon der Rechten. Aber dass er zum Gewalttäter wird, hätte ich nicht gedacht", sagte Alex. „Was machen wir?"

„Für einen Durchsuchungsbefehl reicht es nicht. Den wird Mantzaris niemals ausstellen. Drei Tage vor der Wahl würden die Rechten schäumen vor Wut", stellte Angelos fest.

„Aber wir müssten ihn dezent überwachen und abhören. Christos?"

„Ok, ich lasse ein Team nach Mykonos schicken. Den Fingerabdruck sollen die Türken erfassen und in die Zentrale nach Athen schicken. Wir brauchen den Hubschrauber selber!"

44

Eine Stunde später saßen Christos, Alex und Angelos in einem Restaurant in einem Einkaufszentrum am Rande von Izmir.

Besser gesagt, sie saßen auf drei Plastikstühlen in der „Food Plaza".

„Selbst hier dieser Schwachsinn. Als ob es kein türkisches Wort für ‚Essen' und ‚Platz' gäbe. Touristen gibt es hier ja nicht", knurrte Alex und schüttelte den Kopf.

„Da täuscht du dich. Nach Izmir fahren viele Griechen. Suchen nach den Spuren ihrer Vorfahren, die 1922 vertrieben wurden", entgegnete Christos.

„Auch egal. In zwei Stunden sitzen wir in irgendeinem türkischen Folterkeller!"

„Du bist auch noch nicht im 21. Jahrhundert angekommen!"

Alex brauste auf.

„So? Meines Wissens sind hier 100.000 Menschen in Paschas Gefängnissen verschwunden!"

„Das ist Innenpolitik. Geht uns nichts an. Wir kümmern uns um Griechenland", stellte Christos fest.

„Bravo. Menschenrechte kennen keine Grenzen", raunzte Alex zurück.

Bevor die beiden sich noch mehr in die Haare bekamen, setzte sich ein Mann zu ihnen. Er hatte wie vereinbart eine Ausgabe der „New York Times" in der Hand.

„Mit einer ‚Hürriyet' hätten wir Probleme bekommen", sagte Angelos und der Mann lächelte.

„Willkommen in Izmir. Oder Smyrna. Wir sind da nicht so!"

Klar, dachte Alex, ihr habt ja auch gewonnen.

„Also meine Herren. Sie wissen, dass wir mit den Vorfällen nichts zu tun haben. Dass man uns in einen Konflikt treiben will. Aber die Hintermänner sitzen bei Ihnen, nicht bei uns!"

Angelos nickte.

„Das glauben wir zwar auch, aber es fehlen uns Beweise. Und Namen. Wir hoffen, Sie können uns helfen!"

Der Mann lächelte.

„Das können wir. Hier sind Aufnahmen von Türksat!"

„Türksat? Was ist denn das? Ein fliegender Döner?", fragte Alex und lachte.

„ALEX!, schimpfte Angelos.

„Entspann dich, er spricht kein Griechisch!"

„Miláo ällinicá", entgegnete der Mann finster.

Oh Mist, dachte Alex.

„Entschuldigung. Sollte ein Scherz sein", sagte er.

„Auf den Aufnahmen sehen Sie die ‚Psara', wie sie auf Agathonisi anlegt. Obwohl an dem

Tag angeblich kein Fahrbefehl ausgestellt wurde oder er verschwunden ist."

„Gut. Dann steckt der Kapitän mit denen unter einer Decke!", sagte Angelos.

Christos stöhnte.

„Flotillenkapitän Patros. Einer der höchsten Marineoffiziere!"

Der Mann mit der Zeitung lächelte.

„Und der Kapitän hat sich drei Tage vorher in Athen mit anderen Herren getroffen!"

Er zeigte drei weitere Bilder.

Zu sehen war ein Staatssekretär aus dem Innenministerium, ein hochrangiger Polizei-offizier und der Besitzer eines TV-Senders. Und ein vierter Mann.

Christos war entsetzt.

„Sie sind in Athen so gut aufgestellt?"

Er war weniger entsetzt über die zu sehenden Personen, denn über die Tatsache, dass der türkische Geheimdienst Dinge auf dem Schirm hatte, die dem griechischen Dienst entgangen sind.

Der Mann lächelte.

„Sind Sie doch froh, dass wir aufpassen, oder?"

Alex schaute sich das Foto an.

„Ich fasse es nicht. Der vierte Mann ist Bakakis!"

„Ja. Mein Gegenkandidat", bemerkte
Angelos und gab dem Mann die Hand.
„Wir kümmern uns um alles. Efcharistó.
Oder besser teşekkür!"

45

Bakakis alias Junta-1 saß wie gelähmt auf
seinem Bürostuhl. Kalte Schauer erfassten ihn.
Es war aus.
Zwar war der Mitarbeiter, der sich um Angelos
Nikakis kümmern sollte, mit Verspätung auf
der Insel eingetroffen. Nur: Nikakis war weg.
Wie vom Erdboden verschwunden. Er war mit
einem Hubschrauber weggeflogen. Nur
wohin?
Wenn er morgen noch lebt, wird er die Wahl
gewinnen, dachte Bakakis. Dann bin ich
erledigt. Einen Wahlverlierer will niemand in
seinen Reihen haben. Und da ich zu viel weiß,
werden meine Freunde mich töten, um das
Netzwerk zu schützen.
Natürlich wird es einen weiteren Versuch
geben, aber ohne mich.

Er sah auf die Überwachungskameras und stutzte. Das Auto, das vor einer Stunde am Straßenrand parkte, war immer noch da. Und dort hielt sonst nie jemand. Ein schwarzer Kombi. Sie machen sich nicht mal die Mühe, unentdeckt zu bleiben. Sie hätten auch ein Schild hochheben können, auf dem steht: „Genieß die letzten Stunden!"

Entweder sind es meine eigenen Leute oder die Bullen, murmelte Bakakis vor sich hin.

Sein Handy brummte.

Er hörte minutenlang zu, ohne etwas zu sagen.

Nikakis war auf Agathonisi gewesen und ist jetzt in Izmir. Das war´s. Aber die Leiden des Konstantinos B. waren noch nicht zu Ende.

Der nächste Anruf.

Im Marinehauptquartier in Salamis war Flottillenkapitän Patros verhaftet worden.

Dann der letzte Anruf.

Man teilte ihm mit, dass alles abgeblasen ist.

Rette sich, wer kann!

Doch wohin? Sie würden im Keller bestimmt DNA-Spuren der Soldaten finden. Tatort reinigen hat heutzutage keinen Zweck mehr. Irgendetwas war immer zu finden. Bakakis seufzte. Und griff in die Schublade.

„Lang lebe Hellas!"

46

Da die Wahllokale bis 22.00 Uhr geöffnet waren, dauerte es bis kurz vor Mitternacht, bis das Ergebnis feststand.

„Muss ich da hin?", fragte Angelos.

Alex brach in Gelächter aus.

„Hör mal. Du kandidierst als Bürgermeister, willst dich aber bei der Verkündigung nicht sehen lassen? Was sollen deine Wähler denken?"

„Ist ja schon gut. Dann mal los. Bringen wir es hinter uns. Du weißt, dass ich keine Menschentrauben mag!"

„Tja, Herr Bürgermeister …"

„Noch bin ich es nicht!", knurrte Angelos.

Auf dem Weg vom Parkplatz zum Rathaus mussten Alex und Angelos alle zwanzig Meter anhalten. Hände schütteln, Glückwünsche entgegen nehmen – obwohl das Ergebnis noch nicht feststand.

Im Rathaus wurde noch gezählt.

„Komm, wir setzen uns ins ‚Da Vinci'!", sagte Alex. „Da hören wir es auch!"

„Super Idee!", antwortete Angelos erleichtert.

„Von hier sehen und hören wir alles!", meinte Alex.

Das Ergebnis auf Mykonos wird immer vom Balkon verkündet.

Zehn Minuten später stand Maria, die Wahlleiterin, hinter dem Mikrofon.

„Abgegebene Stimmen: 12412, gültige Stimmen 12408. Davon entfielen auf den Kandidaten Bakakis 895 Stimmen, auf den Kandidaten Nikakis 11513 Stimmen, das sind 92,76%!"

Lauter Beifall war zu hören und die Griechen im Café standen alle auf, um Angelos zu gratulieren.

Auf dem Balkon hatte Maria vergessen, dass das Mikro noch eingeschalten war.

„Wo ist denn unser Schönling? Er muss doch ‚ja' sagen!"

Und Alex bog sich vor Lachen.

47

Als sie endlich wieder zuhause in Ornos waren, saßen Alex und Angelos in der Küche.

„Ich werde also in Zukunft jeden Abend einen übellaunigen Ehemann über mich ergehen lassen müssen. Jeden Tag Ärger mit den Bürgern, den Bürokraten ...", knurrte Alex.

„Ach, arkoúda-mou, ich habe mit Mantzaris vereinbart, dass er alle lästigen Termine macht. 90.Geburtstage, Heimatverein ... Und ich werde nach eineinhalb oder zwei Jahren zurücktreten, wenn ich mein Programm erledigt habe!", antwortete Angelos.

„Und wenn du mich unterstützt, dann geht es noch schneller!"

„Das hättest du deinem ,Bärchen' vielleicht erzählen sollen", meinte Alex und ging zum Fenster.

„Wir waren doch bisher nicht alleine!" Was stimmte.

Vor zwei Stunden war Christos abgefahren und hatte das Equipment „vergessen". Die Küche sah nun aus wie eine Kommandozentrale.

„Möchte arkoúda-mou mit nach oben?", fragte Angelos und umarmte Alex von hinten.

Er ließ die Hände nach unten wandern und lachte.

„Fünf Sekunden. Entweder bist du sexsüchtig oder ich bin wirklich schön und unwiderstehlich!", sagte Angelos.

„Eine Frage noch: muss ich in Zukunft sagen: ‚Herr Bürgermeister, besorgen Sie es mir?'"

Angelos lachte laut.

„Für diese Frechheit ***** ich dich bis zur Besinnungslosigkeit!", flüsterte Angelos Alex ins Ohr.

Auf dem Weg nach oben blieb Alex kurz stehen und sagte:

„Und außerdem bin ich stolz auf dich!"

EPILOG/PROLOG 9

Rakka

Abu Bakar saß zusammengekauert in einem Keller in Rakka. Oder besser gesagt: den Resten eines Kellers, denn die eine Seite war eingestürzt. Von dem Gebäude selber war ohnehin nichts mehr übrig. Eines der gefürchteten Sprengfässer der Assad-Luftwaffe hatte es dem Erdboden gleichgemacht.
Abu Bakar hatte Durst.
Wann habe ich das letzte Mal etwas gegessen?, fragte er sich. Und welcher Tag war heute? Seit seiner Entdeckung war er in jeder Hinsicht orientierungslos. Nicht nur in Bezug auf alltäglich Dinge. Sein ganzes Leben schien sinnlos geworden.
Oh ja, er war mit Feuereifer in den Kampf gezogen. Für die gerechte Sache Allahs. Es war alternativlos. Er MUSSTE nach Rakka und seinen Brüdern im Kampf gegen den verderbten Westen und den gottlosen Assad helfen. Abu Bakar hatte zwar noch nie ein Gewehr in der Hand gehabt – er war Biochemiker – aber schnell lernte er sein Geschäft. Ja, die ersten Leichen waren

gewöhnungsbedürftig. Zerfetzte Leiber, Kinder ohne Gliedmaßen.

Aber wo gehobelt wird …

Lange Zeit sah es aus, als würden sie siegen und den Gottesstaat als Modell exportieren können.

Dann kam die doppelte Ernüchterung, letzte Woche.

Plötzlich hörte von außen Schüsse. Die Amerikaner oder Franzosen näherten sich seinem Gebäude. Hoffentlich halten sie das Haus für vollständig zerstört und sehen die Öffnung mit Gitterstäben nicht.

Seine Gedanken kehrten zurück zu letzter Woche.

Eines Abends wollte er seinen Kommandeur darum bitten, das Satellitentelefon benutzen zu dürfen, um seine Mutter anrufen zu können. Die Türe war nur angelehnt und er hörte seltsame, fast animalische Geräusche. Als er in den Raum trat, sah er seinen Vorgesetzten, wie er einen kleinen Jungen vergewaltigte. Und es war dem Mann auch vollkommen egal, dass ein Anderer ihn gesehen hat. Sein Kommandeur zeigte auch keinerlei Reaktion: weder peinlich berührt, noch aggressiv.

Als wäre es nichts Besonderes.

Abu Bakar hingegen war wie betäubt. Die Rechtsprechung des IS war eindeutig: Scharia, hieß: Steinigung. Aber er fürchtete sich vor seinem Kommandeur und verdrängte das Erlebte. Ein einziger Sünder.

Zwei Tage später sollten er und sein Trupp einige LKWs begleiten und sichern. Als die Kolonne in Rakka eintraf und entladen wurde, platzte einer der Säcke.

Kokain. Er kannte es aus Kandahar.

Und es war eine ganze Kolonne, also eine Riesenmenge. Sie betrieben Drogenhandel in großem Stil. Da begriff Abu Bakar, dass es hier nicht um Allah oder den Islam ging. Eine Welt stürzte zusammen. Es zog ihm regelrecht die Beine weg.

Abu Bakar wollte weg. Aber wie soll man aus einer umzingelten Stadt fliehen?

So saß er nun in diesem Rattenloch und lauschte. Die Schritte kamen näher. Dann hörte er ein Rufen, als hätte man etwas entdeckt. Das Kellerfenster. Sie hatten es also nicht übersehen. Verflucht.

Abu Bakar drückte sich an die Wand. Die Stimmen waren nun ganz nah. Sie würden ihn entdecken.

In die Ecke. Ich muss in die Ecke. Wenn ich mich dort an die Wand presse, ist der Winkel für eine Schusswaffe zu steil.

Ich könnte überleben.

Abu Bakar zitterte.

Aus den Augenwinkeln sah er, wie etwas durch die Gitterstäbe geschoben wurde.

Er hielt es für ein Gewehr.

Aber es war ein Flammenwerfer.

Das Feuer raste auf ihn zu und traf ihn wie ein Keulenschlag. ABU Bakar schrie wie am Spieß. Die Hälfte des Gesichts und das linke Auge waren verdampft.

Paul Katsitis – Die Bestie von Mykonos

Zwei Kriminalbeamte, Alexandros und Angelos, quittieren den Dienst und eröffnen gemeinsam auf Mykonos eine Bar. Nebenher betreiben sie eine kleine Privat-Detektei. Da die Polizei chronisch unterbesetzt ist, werden Alex und Angelos – wegen ihrer Erfahrung - regelmäßig hinzugezogen.
Mykonos ist in Aufruhr. Offensichtlich foltert, vergewaltigt und tötet ein Mann junge Touristen. Um ihn zu stellen, bleibt nichts anderes übrig, als dass Angelos den Lockvogel spielt – mit furchtbaren Konsequenzen ...

Paul Katsitis – Rache

Im Kloster Ano Mera auf Mykonos wird ein Priester tot aufgefunden, dessen Leiche übel zugerichtet ist. Es sieht nach einem Rachemord aus – doch wofür?

Paul Katsitis - Hass

Es ist ein besonderer Fall für die beiden
Ermittler Alex und Angelos Nikakis. Die Leiche
eines jungen Mannes wird in den Dünen
gefunden. Am und im Körper des Toten findet
sich die DNA von Angelos.
Er wird verhaftet. Zuerst geschockt von der
Möglichkeit, dass Angelos ihn betrogen hat,
beschließt Alex, den Beweisen nicht zu
glauben.
Und hat Recht. Hinter allem steht nur eines:
Hass.

Paul Katsitis – Inzest

Ein Bräutigam, der sich am Tag der Hochzeit
vom Balkon stürzt und eine Mädchenleiche in
einer Wagenpresse. Zwei Fälle für die beiden
Ex-Kommissare Alex und Angelos Nikakis Zwei
Fälle, die sich nach und nach aufeinander zu
bewegen.

Paul Katsitis – Der-Drei-Sterne-Mord

Im besten Restaurant der Insel wird der
Chefkoch, ehemals Leibkoch Gaddafis, mit

MYKONOS LOVE STORY 2
Das Goldene Ei

High Society wie die Kunstwelt blicken nach Mykonos.
Ein bisher verschollen geglaubtes Zaren-Ei soll auf der
Insel ausgestellt werden.
Ein Sicherheits-Alptraum für Kommissar Paul Pandis.
Dennoch: zumindest keine Mordermittlung.
Zunächst.
Dann wird auf einer Yacht eine weibliche Leiche
gefunden.
Es ist Pandis´ Ex-Frau.
Und die war zuvor wenig begeistert davon, dass Pandis
nun mit einem Mann verheiratet ist.

MYKONOS LOVE STORY 3
Morgenröte über Mykonos

Er lag mit dem Rücken auf etwas und war gefesselt.
Was war hier los?
Ich bin doch nur ein Tourist?
Es muss ein Missverständnis sein.
Er konnte sich nur an einen Schlag erinnern.
Dann das große Nichts. Er hörte Schritte.
Chrysi Avgi, es lebe die Goldene Morgenröte!"
Dann hielt einer der Männer seinen Kopf hoch.

Der Andere rammte ihm zwei dünne, orthodoxe Gebetskerzen in die Nase.

Kommissar Pandis und die ganze Insel sind fassungslos angesichts zweier brutaler Morde. Die Spur führt ihn zur „Goldenen Morgenröte", einer rechten Splitterpartei. Und für Pandis und seinen jungen Ehemann Angelos wird es richtig gefährlich, denn als Schwule sind sie das „Hassobjekt No.1!"

MYKONOS LOVE STORY 4
Mykonos Speed

Gas, Gas!
Der Motor röhrte.
Die Reifen qualmten.
Dann bekamen sie Grip.

Der Ferrari wurde immer schneller.
Passierte das Ortsschild.
Vor ihm der große Kreisverkehr.

Pedal, kein Druck, Erstaunen.
Pedal, kein Druck, Panik.
Dann flog er über das Geländer und krachte in das Denkmal.
8 Min 42 Sekunden von Ano Mera.
Das war neuer Rekord. Es war sein letzter.

Kommissar Paul Pandis und Ehemann Angelos halten es zunächst für einen Verkehrsunfall. Das Unangenehme:

Das Opfer ist der Sohn des Bürgermeisters. Doch der Wagen war gestohlen. Und es ist beileibe nicht der erste verschwundene Ferrari auf der Luxus-Insel.

Und eine weitere schwere Prüfung steht Pandis bevor: Angelos´ Eltern kommen zu Besuch.

MYKONOS LOVE STORY 5
Rape

Angelos ertappt Paul bei einem vermeintlichen Seitensprung – ausgerechnet mit seinem Bruder Christos – und verlässt Paul.
Als sich herausstellt, dass sie Opfer einer Intrige wurden, wird Angelos´ Bruder tot aufgefunden.

Und Angelos wird als mutmaßlicher Mörder verhaftet. Ein sehr persönlicher Fall für Kommissar Paul Markaris, (früher Pandis), in dessen Verlauf er selber zum Opfer wird – einer Vergewaltigung.

MYKONOS LOVE STORY 6
Der rosa Leopard

Die beiden schwulen Ermittler Alex und Angelos nehmen die ersten Anzeichen nicht ernst. Doch als immer mehr Partygäste auf Mykonos Opfer einer neuen Superdroge werden, kommen sie den Händlern schnell auf die Spur. Problem: Es sind Libyer von unvorstellbarer Brutalität.

Zuvor muss das Ehepaar Markaris noch eine weit schlimmere Klippe meistern: nach einem Einsatz in Athen - bei einer Geiselnahme begeht Angelos einen Seitensprung – mit einer Frau. Das große Glück scheint vorbei.

MYKONOS LOVE STORY 7

Fortsetzung des „Rosa Leoparden"

RÜCKKEHR DER LEOPARDEN

Noch immer sind Paul und Angelos, die beiden schwulen Ermittler aus Mykonos, hinter den libyschen Drogenhändlern her, die die Insel mit einer neuen Substanz überschwemmen. Und mit Folterdrohungen ganz Mykonos in Angst und Schrecken versetzen.
Doch dann wird Angelos entführt und gefoltert.

Als sich Paul auf die Suche begeben will, geschieht auf Mykonos ein Mord auf einem Kreuzfahrtschiff.
Was hat Priorität für Kommissar Markaris?
Natürlich sein Mann …

MYKONOS LOVE STORY 8
Crash – Absturz!

Beim Landeanflug auf Mykonos zerschellt ein Airbus. Ein Horror für Kommissar Alex Markaris und seinen Ehemann Angelos, denn wie sollen zwei Ermittler und drei Inselpolizisten eine solche Katastrophe bewältigen? Zumal im Laufe der Untersuchungen klar wird: es war kein Unfall.

Auch privat geht es bei den beiden turbulent zu: Angelos stürzt – Verdacht auf Schädel-Hirn-Trauma.

MYKONOS LOVE STORY 9
Der tote Pelikan

Auf Mykonos ist man entsetzt: das Maskottchen der Insel – der Pelikan Petros – wurde massakriert. Als Alex und Angelos, die beiden schwulen Ermittler, den Täter aufspüren, hat dieser sich schon erhängt. Es ist der 17-jährige Enkel des örtlichen Richters, der kurz zuvor Angelos seine Liebe gestand.
Als hätte Alex damit nicht schon genug am Hals: er hat auch noch Geburtstag und wird 54. Aber sein Ehemann, 28, zieht alle Register, um es keinen Trauertag werden zu lassen.

MYKONOS LOVE STORY 10
Photià-Feuer

Vor einem Beachclub findet man den Kopf des
Friedhofsgärtners von Mykonos.
Leicht zu transportieren, denkt Kommissar Alex Markaris.
Andererseits: wenig zu obduzieren.
Und dieser Mord kommt Markaris äußerst ungelegen.
Denn zwei Tage, nachdem er und sein Mann Angelos
in ihr gemeinsames Haus eingezogen waren, brannte
es ab. Angelos wäre beinahe ums Leben gekommen.
Und: es war Brandstiftung!

MYKONOS LOVE STORY 11
Der tote Archäologe

Paul und Angelos verschlägt es bei diesem Fall auf
die historische Nachbarinsel Delos. Dort wird ein
Archäologe erschlagen aufgefunden. Doch was
ist der Grund dafür? Ein spektakulärer Fund? Als
sich die Ermittler an die Täter herantasten, wird
auch noch Angelos´ Mutter entführt.

Hinweise

EYP ist der griechische Geheimdienst.

Die Militärdiktatur in Griechenland dauerte von 1967 – 1974, und wird oft verharmlost. Dabei wurden Tausende auf kargen Inseln ausgesetzt und sind dort jämmerlich gestorben.